ダッシュエックス文庫

JN031478

ヤング・マスハス伝
-放蕩騎士と小粋な快刀-魔弾の王外伝

橘 ぱん

序章

「リリアーヌ、本当にいいのかい？」

城門、いや城門と呼ぶにはみすぼらしい小さな門を背にした初老の男が、申し訳なさそうに、そして憔悴《しょうすい》しきった顔で少女を見上げた。

秋の日差しの中で、少女がその視線を受け止めた。

農家が使うような小さな馬車の荷台の上に、少女は農家の娘のように腰掛けている。

「ええ、もう決めたことだもの。これしか、このスナンの地と民を守る術がないのでしょ。なら、ヴォジエ子爵家の娘として取る行動は一つよ」

「だが、こんな……」

「いつもお父様は、貴族は民のいざという時のためにいるって教えてくれたじゃない。それに私、ちょっと嬉しいのよ？」

少女が、ちょっとおかしそうに笑った。

太陽のような笑顔だが、普段の彼女の笑顔を知る者がいれば、少しの影が差していることに気が付くだろう。

「だって、大貴族様から私が美少女だって公認してもらったのよ？　ふふ、自分でも我ながら美人って思ってたけど、これからは堂々と美少女って胸が張れるってものよ」

そう言ってから少女は太陽を見上げ、一度だけ目元を右手で拭った。

「だからね」

再び初老の男を見つめた目は、少し赤い。

「お父様も笑顔で私を見送って。そして、絶対にスナンに住むみんなの明日を守ってちょうだい」

その言葉にお父様と呼ばれた男は俯《うつむ》き、小さく絞り出すように「約束する」と口にした。

馬車が動き出し、収穫の季節だというのに麦穂が少ない畑を進んでいく。少女が大きく手を振る中、最後まで父親は娘に笑顔を見せてやることは出来なかった……。

第一章　牢屋の男

これは一人の男の若かりし頃の物語だ。

その男とはマスハス＝ローダント。

ティグルヴルムド＝ヴォルンの良き理解者であり後見人とも言える存在だ。

灰色の髪とずんぐりとした、だが引き締まった体躯《たいく》を持つ武人然とした初老の貴族である。

時に厳しく、時におどけつつ、そして時に叱りつけつつティグルを見守るこの男だが、その青年時代は――。

いや、安易な言葉で表すのは控えよう。

なぜなら、今より語られる物語なのだから。

それは、ティグルの物語が動き出す時よりもずっと昔、ずんぐりとした初老の男性が、中背だが細く引き締まった体躯を持つ黒髪の青年にまで若返るほど昔の話。

†　†　†

マスハス＝ローダントは、ブリューヌ王国北部オードの小領主のローダント家の嫡男《ちゃくなん》で、二十三歳になる。より正確に記すのであれば『国王陛下よりオードの地とローダント伯爵家の地位を賜《たまわ》りしミシェル＝ローダントの嫡男』となる。

もっとも当の本人は、幾つかの事情があってオードの地を離れて、王都ニースに乳母一人と住んでいた。

公的には勉学と交流が目的だとしているが、実際のところは父親に放り出されてしまったのだ。もっとももこの放蕩息子《ほうとうむすこ》は大喜びでオードを出て、王都での生活を満喫している。

七日前までは――。

「ですからあれは不可抗力というか、若気《わかげ》の至《いた》りと言いますか、あーっと……」

「あえて言うなら、騎士としての正義感ですね」

二人の青年が、こぢんまりと整理された、だがよく見れば高価な物が多い書斎で声を上げていた。

宮廷の片隅に幾つか設置されている、事務作業を賄《まかな》う官僚達が働く書斎の一つだ。

この書斎の主はといえば、さして興味なさそうに聞いている。その証拠に書斎の主は、二人が喋っている最中もテーブルの上の書類に目を通していた。

「あのですね、そもそもあの男は悪い奴ではなくて」

「そうですか？　あの人、結構悪いところが多いような」

二人のうち、年若い方の青年が少し首をひねった。すると年かさだが、やや小柄な青年が書斎に相応《ふさわ》しくない声量で怒鳴る。

「ウルスっ、お前はどちらの味方なんだ！」

もっとも怒鳴られた方の青年、ウルス＝ヴォルンは澄ました顔で言い返した。

「もちろんマスハスさんのですけど、事実を曲げるのはちょっと」

「ああもうっ、お前はどうしてそう生真面目なんだよ。今はそういうことをだな」

小柄な青年、ユーグ＝オージェが苛立《いらだ》たしく地団駄《じだんだ》を踏んだ。

二人ともブリューヌ王国の貴族だ。

ユーグ＝オージェは東部テリトアールを治めるオージェ子爵家の嫡男で二十三歳、褐色の髪と青銅色の瞳を持つよく笑い、よく怒る、小柄で痩せ気味ながら勇敢な青年だ。

一方、ウルス＝ヴォルンは王国北東端のアルサスを治めるヴォルン伯爵家の嫡男で十八歳、くすんだ赤色の髪と黒い瞳、中肉中背でがっしりとした体躯を持つ、やや頑固な青年だった。

二人とも王都でマスハスと知り合い、同世代の地方領主、それも小領主の嫡男ということで、すぐに意気投合し、友情を深めていた。

そんな二人の口論にうんざりしたのか、書斎の主が初めて顔を上げ睨《にら》んだ。

主に冷たく睨まれただけで、二人の青年の口論がピタリと途切れた。

小柄だが、威圧感と存在感を兼ね添えた青年だ。

それもそのはず、彼は最近宮廷においてメキメキと頭角を現している若手の官僚貴族だった。

大貴族達にとっても、既にこの官僚貴族を無視出来ない存在となっていた。

主に司法関係での活躍がめざましく、幾つかの都市組合とも繋がり潤沢《じゅんたく》な資金を蓄《たくわ》えているとも。

名前はピエール＝ボードワン、二十四歳。赤色の髪と青く冷たく切れ長の目、笑顔を想像すら出来ないが、多くの令嬢達が熱を上げる美貌を持った青年だった。

「ウルスと言ったたか、貴公の言《げん》に理《り》がある」

呼ばれたウルスの背が、自然としゃんと伸びてしまう。

「マスハス＝ロータント。七日前、王都ニースにある歓楽街、ま、あまり筋のよくないことで知られるヤリーロの艶髪《アマシュ》街にある酔竜の瞳亭で複数人に暴行を加えた罪で牢屋行きだ。悪人としか言いようがないな」

「ですから、それは誤解なんですっ。騎士としてですね――」

慌てた様子で抗弁《こうべん》したユーグの顔を、ボードワンが見据えた。それだけで、ウルスだけでなくユーグの口も閉じてしまう。

「なるほど、ならず者に絡まれていた給仕《きゆうじ》の女性を助ける。確かに騎士として美しい行為とは言える」

「そうなんですよ！　ですから、反省を促《うなが》すために牢屋に入れるのはわかりますけど、七日はいくら何でも長すぎると」

「ええ、相手が先に殴ってきたという話もありますし」

今度はユーグの言葉に倣《なら》って、ウルスも言《い》い募《つの》る。

するとボードワンがテーブルの引き出しを開けて、一枚の書類を取り出した。

「張本人のならず者は左腕骨折。その仲間とおぼしき三人も肋骨や右腕を骨折。さらに野次馬の五人も巻き込まれて打撲や裂傷、うち一人は翌朝まで昏倒」

「そ、それはでも、相手も悪いというか」

「取り押さえに来た衛兵四人も巻き込まれて、マスハスによって打撲や捻挫等、全治七日の傷を負った。と、報告にはあるが？」

ボードワンの抑揚のない言葉に、二人は思わず唸ってしまった。

「また飲み屋のテーブルが二つほど破損、椅子は無数。さらには壁の一部が損壊」

「いやでも、その、み、店から苦情はなかった、かなぁと」

ユーグが額に汗を流しながら、なんとか言い訳を口にする。

「店の主はいつものことだと笑っていたな」

「でしょう？　なら」

「いつものこと、か。小さくともローダント家はれっきとしたブリューヌ王国の貴族だ。その嫡男がいつも飲み屋で暴れているというのは、騎士らしい行為か？」

「それは……いえその、自分も常日頃からマスハスさん本人には言ってるんですけど」

今度、焦ったのはウルスだ。ボードワンの言葉に大いに賛成なのだが、ここで認めてしまってはマスハスを牢屋から解放することは出来ない。

だが騎士として自分が思う責務と友情の狭間で、思うように言葉が出ない。

「私は領地を持たぬ、宮廷に仕える官吏だ。それでも貴族として、いやそれだからこそ貴族としての日頃の行いというものは理解しているつもりだ。そしてマスハスの行いは、とても貴族として、騎士として正当化できる行為ではない」

ボードワンの正論中の正論に、二人はぐうの音も出ない。教師に叱られた生徒のように、視線を落として押し黙ることしかできなかった。

「故《ゆえ》に、マスハスには何かしらの刑罰を科さねばならない」

「刑罰ですか？」

ウルスが、はっと顔を上げた。ようやく掴んだ糸口を放すまいと、早口で言い募る。

「ですが、マスハスさんは貴方の仰ったようにローダント家の嫡男です。貴方にそんな権限があるとは思えません」

疑問を口にしたウルスを、ボードワンが鋭く睨んだ。が、その視線を真っ向から受け止めたウルスに、フッとボードワンの双眸が緩む。

「真っ当な意見だ。貴族たるマスハスに刑罰を科せるのは陛下のみだ。私は、過去の判例を調べ、しかるべき刑罰を陛下に進言するだけだ」

再びボードワンは書類に目を落とした。

「ただ私も宮廷の役目や、王都の各街や組合からの陳情《ちんじょう》への対処で忙しい。貴族のどら息子に相応しい刑罰を調べるまで、もう少し時間が掛かるだろう。それまで、あの男には牢屋で頭を冷やしてもらうことになる。これ以上、私の時間を割く理由でもあるかね？」

ボードワンの言葉に、二人は項垂《うなだ》れることしかできなかった。

その姿を見て、ボードワンはユーグとウルスに退室するように促した。

ただウルスは部屋から出て行く間際、

「だが、貴公らには感謝せねばならないな」

と、不思議な言葉を聞いた。それが、どういった意味を持つのかまではわからなかったが……。

† † †

「マスハス＝ローダントか」

二人が去った書斎で、ボードワンは改めてマスハスに関する資料に目を通していた。

小貴族のどら息子が盛り場で起こした暴行事件など、普段ならばボードワンの耳にまでは入ってこない。精々《せいぜい》、部下達から上がって来た書類に決裁する程度だ。

だが、今は事情がいささか違う。使えるものは全て使って解決しなければならない、難題を抱えていた。

「歓楽街に入り浸る貴族か。普通であれば、とても使えるような駒ではないが、資料を読む限りこの男は裏に堕ちきったというより、ただの放蕩者《ほうとうもの》か」

機敏な動作で立ち上がると、ボードワンは密偵を一人呼んだ。

ほとんど待つこともなく子供が一人、扉を開けて音も無く入って来た。宮廷の書斎にはおよそ似つかわしくない、盗賊と言われてもおかしくないような服を着ている。

なにより肌が褐色だった。ブリューヌ王国ではほとんど見ない肌色だ。

「ピエール様、わざわざボクをお呼びと聞きましたが」

「その通りだ、リディ」

「ですが、もっと修行を積んだ者達がおりますのに」

申し訳なさそうに、リディと呼ばれた子供がボードワンを見上げる。

「いや、この仕事にはお前が適任だろう。下手な大人では警戒されるが、十三歳のお前ならば私の手下とは思われないだろう。まずは、私と共に牢屋まで来てもらおうか」

「ピエール様ほどの方が、自ら罪人にお会いになるのですか？」

「なに、どら息子とはいえ伯爵家の嫡男なのでね」

怪訝《けげん》そうに見上げるリディに、ボードワンは僅かに口角を上げて笑った。年に一度あるかないかのその小さな笑顔に、一瞬リディは呆然としてしまい、先に歩き出したボードワンの背中を慌てて追いかけた。

† † †

「はぁぁぁ、全く最高の宿だよなここは。何しろ、大歓迎してくれるノミの数ったらないぜ。いくら俺でも、ここまで歓迎されたのは初めてだ」

牢屋の鉄格子にもたれかかり、体を掻きむしってマスハスは減らず口を叩いたが、なんの反応も返ってこない——はずだった。

足音だ。牢屋にはおよそ似つかわしくない男と子供が薄暗い中、歩いてくる。それも、どうやら自分が入っている牢屋へだ。男はやや早足でマスハスの牢屋までやってくると、屈むでもなく座っているマスハスを見下ろして口を開いた。

「……住み心地はいかがかな、マスハス＝ローダント卿」

「極上だよ。ノミって友達まで出来たからな。なんなら、アンタに紹介しようか？」

すると、男の背後に立っていた子供が噛みつくようにマスハスを睨んでくる。

「貴様っ、ピエール様に向かって口の利き方を——」

「いい。礼儀は礼儀を知る者の特権だ。この男には無理だろう」

白い飾り気のない簡素な、だが素材の良さが見て取れるローブを微かに揺らして男、ボードワンが子供、リディを制した。

それだけでリディは、恐縮して一歩後ろに下がる。

「ピエール？　誰だお前」

「ピエール＝ボードワンという」

「……聞いたことある気もするな」

「思い出す必要はない。私の口で、今から説明する」

「へいへい」

「私は主に官僚として陛下に仕えるものだ」

「官僚貴族様か」

「その通りだ。言い添えるとすれば、どちらの派にも属してはいない」

さすがのマスハスにも、その言葉が何を意味しているのかは理解できた。宮廷で以前より力を持つガヌロン公爵と、現ブリューヌ国王バスティアン＝ソレイユ＝アルフォンス＝ファビオ＝ド＝シャルルの下で一気に権勢を拡大しつつあるテナルディエ公爵、今や宮廷を二分するこの二人の大貴族の、どちらの派閥にも属していないということだ。

宮廷での権力闘争には縁もゆかりもない地方の小領主の嫡男であるマスハスにさえ、この二派の静かな対立は耳に届いている。そんな宮廷で中立を維持するというのは、相当な知恵と胆力、そして何かしらの力が必要なはずだった。

いつの時代も旗幟《きし》を鮮明にしない人間こそが、最も疑われ、いざというときに捨てられる。ましてや官僚貴族は、領地を持たない宮廷に依存した、根無し草のような存在だ。

「で、そんなアンタがわざわざ薄暗い牢屋にやってきて、何が言いたいんだ？」

マスハスの中で、目の前の優男への警戒心が一気に高まる。

宮廷で中立などという危ない立ち位置にいる男と下手に関われば、ローダント家の立場にも何かしらの影響が出る可能性がある。

半ば喧嘩別れのような形で故郷を放り出されたとはいえ、マスハスは基本的に父親や母親、家族、そして領民達を愛している。

そんな人達を、自分の行動で危ない目に遭わせる気は毛頭ない。

「その警戒する目、貴公も一応は貴族の一員なのだな。権力というものの危なさをよく知っている目だ」

感心した内容のはずなのに、ボードワンの言葉からは全く感心さが漂ってこない。そしてボードワンは目の前の相手が警戒し始めたのを分かった上で、平然と言い切った。

「貴公に一つ、頼み事がある」

「受けると思ってんのか？」

「受けざるを得まい。ああ、私としたことが一つ言い忘れていた。私は、司法を以て陛下にお仕えしている」

「お前、それ絶対に忘れてなかっただろ！」

思わずマスハスは立ち上がって、ボードワンを正面から睨みつけた。

マスハスにもすぐにわかるほど初歩的で単純な脅しだ。今、マスハスは牢屋に投獄されている。つまり罪人だ。そしてボードワンは法の番人の一人だ。

「お前、俺を重罪にしようってんだな」

「ふむ、その言い方ではまるで私が罪を捏造《ねつぞう》しようとしているように聞こえるな」

「ああ、そう言ってるんだよ！」

「その通りだ」

臆面《おくめん》もなく、ボードワンが認めた。

「ちなみに私は、陛下に直接進言出来る立場にいる。陛下に重用されているとも言えるな」

またもや臆面もなく言い切る。

「陛下の信用でもなければ、お側に居て両派から中立など、できるものではない。貴族である貴公も、それはわかるだろう？」

自分の力、自分の立場、自分の言葉の正しさを、傲然《ごうぜん》とボードワンは証明して見せた。

「……俺に何をやらせようってんだ」

「安心したまえ。両派どちらも刺激するような話ではない。いや、テナルディエ公爵には感謝されるかも知れないな」

「それはつまりガヌロン公爵を敵に回すってことだぞ」

「ところが、今回ばかりはそうはならん。そこは私が約束しよう」

「信用出来るかって話だぞ」

「貴公は信用するしかないのではないかな」

ボードワンの言葉に、マスハスは思わず舌打ちをしてしまった。一々しゃくに障るが、言っている事は正しい。

「子供を一人、五日以内に捜して欲しい」

もうマスハスが受諾した前提で、ボードワンが話し出す。

「ますます訳がわからないな。お偉いアンタのことだ、部下や密偵の一人や二人抱えてるだろう。なんでその連中を使わない」

「貴公に詳しく説明する気はないが、使いたくても使えない状況だ」

「随分と危ない上にややこしそうな話だな」

「そして重要な案件だ。それに――」

ボードワンがまじまじとマスハスの顔を見る。

「なんだよ、いきなり気持ち悪いな」

「貴公の顔は、危ないことに首を突っ込むことが好きな人間特有の、退屈さが出ている。違うかな」

「チッ。俺はね、そーいう何でもお見通しって顔が大っ嫌いなんだよ！」

「今の言葉、正解と受け取ってもいいのかな」

「ああ、そうだよっ。危ない橋を渡るのは大好きだよ。悪いか、ったく！」

マスハスは自棄になって叫んだ。が、ボードワンは眉一つ動かさずに頷《うなず》いた。

「そうだろうな。そうでもなければ、貴族の嫡男がヤリーロの艶髪などという危ない歓楽街を根城にするわけがない」

「で、報酬は？」

「牢屋から無罪放免だけでは不満か」

「当然だろう。それは引き受ける条件だ。成功報酬は別にあってしかるべきだろ？」

「ふむ。これは少し予想外だったかな。存外、計算高い面もあるようだな」

少しも驚いた様子はないが、言葉の内容的には驚いている。驚いていると信じて、マスハスは少し溜飲《りゅういん》を下げることにした。

「危ない街をうろついてるんだ。たまにはそーいった仕事に顔も突っ込んでるさ」

「だろうな。報告書にも記されていた。だからこそ、貴公に依頼した面もある」

「なるほどね。で、報酬は？」

「そうだな。五日という時間制限もある……貴公のローダント家の収入、半年分ほどでどうかな」

　報酬額の大きさを聞いて、マスハスはしばらく言葉を失ってしまった。ゆっくりと深呼吸をしてから、頭を振って喋る。

「……改めて、危ない仕事を押しつける気だな、おい」

「受けるしかない仕事に報酬を払うのだ。感謝して欲しいくらいだが？」

「分かった分かった。俺だってもう腹は固めてる」

「結構なことだ」

「それで、誰を捜せばいいんだ。アンタに詳しく言う必要はなさそうだが、名前や特徴がなきゃ捜しようがないぞ」

　マスハスの言葉に頷いたボードワンが、背後の子供を手招いた。

　十歳ぐらいの、貧相な子供だ。もっとも衰弱してるというわけではなく、単に肉付きが悪いだけで、短髪も相まって機敏そうな子供だった。

「そのガキがなんだってんだ？」

「彼女は私が雇っている密偵の一人で、リディだ。覚えておいて欲しい」

「……女の子だったのか？」

「悪かったな。こう見えても女だよ」

　リディが唇を尖らせて、マスハスを睨んだ。

「彼女が対象の顔を知っている。遠くからではあるが、何度か顔を見ているのでね」

ボードワンが喋りながら、ポンッと軽くリディの髪に手を置いた。その様子を見て、マスハスはリディが確かに女の子だと納得した。

子供ではあるが、手を置かれた、ボードワンに触れることができたリディは、恋する少女の顔をしていたのだ。

「そんな子供、信用できんのか？」

「確かにまだ十三歳の子供だが、私は頼りにしている」

「どうだか……ん、遠くから？　どこかのお偉いさんの子供ってところか」

「さて。ただ、貴公は知らないままの方が安全だと忠告はするがね。もし、貴公に宮廷での権力を目指す野心があるのなら、別だが」

「よしてくれ、そんな野心は欠片もないね。むしろ、そういった権力は軽蔑している方だ」

特に不満も見せずに「だろうな」とボードワンが頷いた。マスハスが軽蔑した権力は、彼が宮廷で追い求めている、そのものだというのに。

「事が事なので、口約束による契約になるが、文句はあるまい？」

「ああ、もちろんだ。アンタと組んだ証拠なんて残ってみろ、後々絶対に面倒なことになるだろ」

「だろうな。私が利用するかもしれないし、私を倒した誰かが利用するかもしれない」

「そういうことだ。とにかくさっさとこのノミの部屋から出してくれ」

「ノミは友達ではなかったのかな」

「友達さ、それも人の生き血を啜るたちの悪い、今すぐ縁を切りたい系のね」

肩をすくめてマスハスが答えている間に、リディが音も無く牢屋の鍵を開け放った。

ギィと鈍い鉄の音が、仄暗い空間に響く。

「七日ぶりに解放されたか。ま、見えない鎖付きだけどな」

腰を屈めて狭い出口から出ると、マスハスは一度、大きく体を伸ばした。

「その鎖は金づるでもあるのだがね」

「成功した場合だろ」

「成功して貰わないと、こちらとしては大いに困るのだがね」

「俺みたいなのに頼るしかない時点で、色々と詰んでるとは思うけどな」

「こう見えて、私は貴公に期待もしている」

「期待なんてものは他人が勝手に押しつけるもんで、本人にとっちゃ迷惑なもんだ」

「半分、同意しておこう」

意外にも小さくボードワンが頷く。おそらく宮廷で色々と苦労しているからだろう。などと勝手に推測してから、マスハスは声を掛けた。

「さてと、悪いが色町に直行はしないぞ」

「ほう、ヤリーロの艶髪ではなくどこに向かうのかな」

「家だよ、家。言っておくが、大貴族様の屋敷じゃねぇぞ。俺と使用人一人が住むのに充分な、ちょっとした部屋を借りてるんだよ」

「確かマチルダとか言ったかな。貴公の乳母だったか」

きっちりとマスハスの身辺を調べ上げていることに、一瞬不快感を覚えたが、この手の人間にそんなものを一々感じることこそ、無駄というものだろう。

宮廷で権力闘争をしている人間とは、そういった人種だ。

「手がかりは、この嬢ちゃんに聞けばいいんだよな？」

「嬢ちゃんじゃないっ、リディだ！」

リディの抗議は無視だ。

「そうなる。とはいえ、道すがら話す内容ではない。帰宅後に聞いてくれ」

ボードワンは、特にリディを助けるわけでもなく淡々と答える。

「そりゃそうだな。じゃ、もう出て行っていいんだな？」

「ああ、そうだ。貴公の成果に期待している」

「ま、俺なりに頑張ってみるさ。最後にはコイツにでも頼ってね」

マスハスが、ポケットの中からサイコロを三つ取りだした。入牢する時に、こっそり持ち込んだ私物だ。

「牢番には注意しておこう」

　ボードワンが、生真面目に私物の持ち込みを見抜けなかった牢番への失点を口にしたのを聞きつつ、マスハスは右手で軽くサイコロを放り投げて、宙で掴む。

「お、見ろよ。この取り合わせは、女難さ」

「占いか」

「博打《ばくち》と占いは表裏一体。ま、美人で苦労するってんなら、この仕事にもちったぁ身が入るってもんだ」

「それはなによりだ。私としては、貴公がいかなる痴情のもつれを抱えようが、子供さえ見つけてくれればいい。五日後の報告を待っている」

「ま、勝手に期待して待っててくれ」

　出口に向かって歩き出すと、マスハスはヒラヒラと手を振るだけで別れを告げた。その背中をリディが慌てて追っていく。

「さて、失敗した際、今回私が関与したことを知る面々をどうするか、こちらの計画も立てておくとしよう……」

†　†　†

ヤリーロの艶髪街、マスハスが牢屋でボードワンとの不本意な契約を結んだ時、語られた街の名前だ。

王都ニース、その城門の外に位置する低湿地にその街は在った。

街としての歴史は案外古く、まだニースが城門の中でのみ繁栄していた頃まで遡《さかのぼ》る。

街の成り立ちは、地方で生活に苦しみ逃散した民衆が王都へ逃れてきたものの、城郭の内側に住むことは出来ず、城壁近くで肩を寄せ合うように住みだしたことに始まる。当然、そんな集落に仕事があるわけもなく、生活も苦しく、治安も悪化していった。言わば貧民街であった。

しかしながら、安い人件費に加え、地方民が多いことから各地方の食文化と酒を安く提供する店なども増え、また城外という一種の治外法権の街だったことから、賭場や娼館なども出来ていった。

いや、娼館こそがこの街のシンボルとなっていったと言っても過言では無かろう。

そしてこの街がその形をなした頃には、王都の人口も増え、王都は場所を求めて城外へと広がり始めていた。

いつしか街は広がった王都の一部となり、大勢の客で賑わうようになる。

娼館の多くは、ブリューヌで信仰される主たる十の神々の一柱で豊穣と愛欲を司るヤリーロ女神を看板に掲げていた。

その結果として『ヤリーロの艶髪街』などと呼ばれるようになり、王都における歓楽街の一っ、それも特殊且《か》つ大きなものへと発展していった。

ただ当然のことだが、そんな歴史を持つこの街は、出発点である闇も常に抱えている。

非合法な取り引き、非合法な賭博、人身売買、そして街にしっかりと根を張る裏組織。喧噪《けんそう》の隣に常に裏社会が寄り添う街、それがヤリーロの艶髪街だった。

そんな背徳の街で黄昏時、この地におよそ似つかわしくない少女と男の子が、ある路地裏に駆け込んでいった。

少女がゴミの山の陰に身を潜め、どこかぼーっとした男の子の手をとって慌てて引き寄せた。年頃、十代後半の少女が十歳に満たないであろう男の子を、母親がするように、ぎゅっと抱きしめ自らの腕の中に隠し入れる。

二人とも鮮やかな金髪だった。路地裏の奥に仄《ほの》かに差し込む歓楽街の灯火で、キラキラと輝くほどにだ。

とすると姉弟だろうか。

確かに、二人の服装は華やか且つ洗練されたものだ。その美しさは、この街で幅をきかせる奢侈な、度を超えた華美な贅沢さとは決定的に異なるものだ。ある特定の層に生まれついたものだけが持つ、贅沢が贅沢ではない、美が身についた人々特有の服装と着こなしだった。

「……やり過ごせたのかしら？」

少女が、ひょっこりと顔をゴミの山からのぞかせる。

彼女の目には、自分達を追ってきた連中は映らなかった。その事に安堵《あんど》して、男の子を放して少女は壁に寄りかかると、そのままずるずるとしゃがんだ。

夜空を仰いで少女、リリアーヌ＝ヴォジエはぼやいた。

「参ったなぁ。ウチみたいな貧乏貴族じゃ、王都に頼る相手もいないし。そもそも気が付いたら全然知らない場所で、絶讃迷子な私達だし。何より、この格好よね」

ひらりと、スカートの裾を持ち上げてみる。

自分でも、この街では浮いている服装だと思う。諸般の事情で、貴族としては大いに貧乏で破産直前のヴォジエ家だが、これまた諸般の事情で彼女は高価な服を着ていた。

そしてそれは、隣の男の子も同じだ。

もっともリリアーヌは、この子の名前も家も知らない。そしてそれが大問題だった。

「そもそも、私だって戻らないといけないんですけど。はぁ、まいった上にまいったなぁ。この子をおうちに帰してあげたら、あの家に戻ろうって思ってたのに……」

夜空から今度は地面に視線を移して、リリアーヌは頭を抱えてしまった。

「まさか何も喋れなくなってるとか、思わないじゃない、普通。なに聞いても、一生懸命喋ってくれようとはするのよ？　うん、その姿はすっごい可愛いし可哀想だから、全然怒る気はしないけど、ご両親の元に帰してあげることが出来ないじゃないのっ！」

思わず叫んでしまい、慌てて自分の口を両手で塞いだ。

筆談も試みたのだが『家はどこ？』『ブリューヌ王国』、『住んでる所は？』『ニース』等という、大きすぎる返事が返ってきて、まだ小さいから仕方ないと諦めていた。

　そして今度は、ゆっくりと静かに、そして小さく愚痴《ぐち》る。

「とは言ってもなぁ、もう逃げ出してから三日目よ。さすがに私が逃がしたっての、バレてるわよね。まぁそれは、土下座でも嘘泣きでも色仕掛けでも総動員して許してもらうとして、問題はこっちよね……」

　お腹を押さえる。するとタイミングよくグゥ～と鳴った。隣で男の子も同じ仕草をして、同じようにお腹を鳴らす。

「水はこっそり井戸から拝借してるからいいけど、三日は、乙女の美にも子供の成長にも厳しいんですけど、特に乙女の美にっ。そりゃまぁ、こっそり持ってたチーズを分け合ってたけどもう無いし……」

　ハァ～と一度溜息を吐くと、不安になったのか男の子がリリアーヌにしがみついた。リリアーヌは小さく微笑んで、男の子の綺麗な金色の髪を撫でた。

「ごめんね、お姉さんが溜息吐いちゃダメよね。今、貴方が頼れるのは私だけなんだもの。しっかりしないとね。ダメなお姉さんでごめんなさい」

　囁《ささや》くと、フルフルと男の子が首を横に振る。その仕草が愛おしくて、リリアーヌはぎゅっと抱きしめた。もし自分に子供が出来たのなら、こんな気持ちになるのかもしれない。そんな母性が、心によぎる。すると自然と、故郷のスナンに伝わる、そして母親が歌ってくれた子守歌が口を吐いていた。
――家に帰ろう　夕暮れの道
――家に帰ろう　いつもの道
――お母さんのスープが待っている
――お日さまを浴びたシーツも
――お腹いっぱいになったら
――明日までおやすみ
抑揚が少ない、それでいて優しいリズム。母親の鼓動を感じるような、こんな都会では、歌われることもないだろう素朴な歌だった。
だからこそ男の子から緊張が解け、微睡《まどろ》んでいく。
「そうよね、疲れてて当然よね。私が、この子を守らなきゃ……」
リリアーヌに抱きつきながら微睡む子の髪を、優しく撫でながらリリアーヌは決意を新たにした。
「愚痴ってても仕方ないものね。話は簡単よ、この服装とご飯をどうにかしてから、王宮でもなんでも行けばいいのよ。うん、私ってばやれば出来る子だもの」
うんっと大きくリリアーヌが頷く。男が一人、近づいていることに気が付かずに……。

†　†　†

牢屋から解放されたマスハスが、自分の部屋に帰ってきたのは、リリアーヌが路地裏に飛び込んだ頃とほぼ同じだった。夕焼けが闇によってほぼかき消された頃合いだ。

ドンドンと玄関を叩いて出てきた使用人マチルダの、マスハスの顔を見て言ってのけた言葉は『全く反省してませんね』だった。おかげで後ろに居たリディが大爆笑するというおまけ付きの、牢屋七日と歓楽街三日で十日ぶりの帰宅だった。

マスハスが、マチルダが用意した井戸水で体を洗い身なりを整え、清潔且つマスハス好みの服装に着替えて、リビングに戻ってくると、

「ユーグ様とウルス様から、事の次第は伺っています。牢屋に七日放り込まれたとか」

怒るわけでも呆れるわけでもなく、淡々と喋りながら、マチルダはジロリと睨んできた。マスハスが産まれる前、少女の頃からローダント家に仕えていた女性で、マスハスが産まれると乳母として養育係となった女性だ。当然、マスハスの両親からの信頼も絶大で、故郷を追い出された時に、危うく勘当《かんどう》されそうになったのを押しとどめてくれたのも彼女だ。

もっともそのおかげで、王都で思う存分羽を伸ばすつもりが、マチルダもお目付役として一緒に来る羽目になってしまったのだが……。

歳は今年で五十歳なのだが、童顔のせいか四十代前半から半ばに見えなくもない。背は中背で、肉付きはいいものの決して肥えているわけではなかった。服装は、黒い長袖と足下までスカートが伸びた、淡いグレーのワンピースに、白い前掛けという、年相応に落ち着いたものをいつも着ている。

「温かいスープがありますので、まずは召し上がってください」

マチルダの言葉通り、テーブルの上には湯気立つスープ入りの木皿が置いてある。

匂いからすると、塩漬けの豚肉に塩漬けのタマネギ入りといったところだろう。豚とタマネギの出汁が染みたスープを想像して、マスハスのお腹は思わずグゥと鳴ってしまった。

そそくさとテーブルに向かうマスハスを見ながら、マチルダは小さく呟いた。

「何でも、原因はまたヤリーロの艶髪街で暴れてたことだそうですね、坊ちゃま」

「坊ちゃまはいい加減やめてくれ……」

「ふふ、これは失礼いたしました、マスハス様。で、暴れたのですね？」

「いや、正当防衛だったんだよ。まぁ、衛兵までぶん殴ったのが失敗だったな」

その言葉と視線を受け流して、マスハスは身を投げるように行儀悪く椅子に座った。

「当たり前です。それに、給仕の女性をお救いなさろうとしたと伺いましたけど、本当にそれだけなのですか？」

マチルダの疑問に、思わずマスハスは掴みかけた木の匙を落としてしまった。慌てて掴み直したが、その様子をジトーっとマチルダが見ている。

「その給仕の女性とは、どういったご関係なのですか？」

「か、関係もなにも、その、普通に店の給仕と客だぞ、そうとも、それだけの関係だ」

「ピエール様に見せてもらった資料に確か……俺の女に手を出すな。とか叫んだって書いてあったぞ」

リディがスープを飲みながら、マスハスを見ることなく余計な口を開いた。

「そ、そ、そんなこと言ってない。ああ、言ってないぞ。あの野郎の調査も雑だな」

「で、給仕の女性とは、どういったご関係なのか教えていただきましょうか」

マチルダの目が冷静に、だが有無を言わせぬ光を放つ。

「だからその、ええと、店の関係というか……」

マスハスの言葉が濁る。下手をすれば母親よりも長く生活し、絶対により多く叱られたこの女性には、どうも頭が上がらないし抵抗出来ないマスハスだった。

その様子をリディはおかしそうに見ている。

今すぐぶん殴ってやりたいが、マチルダの視線という拘束からどうにも逃れられない。

「はぁぁ、やはり。責任を持たない遊びだけの相手ということですか」

「いやその、互いにそれでいいって割り切ってるし……」

「マスハス様！　ご自分がどうして旦那様のお怒りを買い、オードの地から出ることになったか、お忘れではないでしょうね」

「ええと、その……あちこちで遊び過ぎて」

「遊びとは？」

俯《うつむ》いて、マスハスは観念してボソボソと喋りはじめた。

「は、はい、気を引こうとプレゼント買うために借金したり、飲み代、遊び代、賭け代をツケ払いにしたはいいものの、返せないでオヤジにバレて……おかげで、女に手を出してもめ事をローダント家の財産で勝手に解決したのもバレちゃいました」

「そのツケ代はどうなりましたか」

「オヤジに払ってもらいました」

「そのお金は元々なんですか」

「ローダント家の財産です。同時に、オードの領民のために使うべきお金です」

「その通りです」

「いやでもほら、俺のツケってほとんど領内だったたし、まぁ領民に還元されたと言えなくもない、気、が……い、いたしません」

恐かった、マチルダの目がホント恐かった。含み笑いをしていたリディですら、思わず顔が引きつっている。

「旦那様が出された条件も覚えておいでですよね」

「三年以内に、どうしようもない俺を管理できるしっかりした嫁を見つけて来い、だったかなぁ」

「その通りです。ですから、マスハス様があちこちに交友関係を広めることを、マチルダは黙認して参りました。それがなんですか、薄々気が付いてはいましたが、盛り場の女に手を出して満足しているなんて」

「いやでもさー、熟れてて――いえ、なんでもありません、反省しています」

「飲み歩くのは殿方である以上、あまり口うるさくするつもりはありません。宮廷や貴族とだけではなく、市井の空気を知るのは、とても良いことです。ですが」

「は、はい」

「今回はやり過ぎです。しばらくヤリーロの艶髪などという、いかがわしい街に近づくことはやめていただきます！」

「いや、それがそうもいかねぇんだ」

「どうしてですか？」

一口、スープを啜ってからマスハスは牢屋から出るための取り引きについて喋り始めた。

そして、いきさつの説明が終わった時、皿の中には二口分のスープが残っているだけだった。

「マチルダ、今の話を信じてくれるかい？」

説明しつつも、正直信憑性が少ない気がマスハス自身する。はっきりいってローダント家程度の貴族が、宮廷の何かしらの闘争に巻き込まれるなんてことは、現実感がない。しかも、それが子供一人捜して欲しいなどという、ふわっとした内容だ。

だが、マチルダは静かに頷いた。

「ええ、信用します」

そうだった——このマチルダという女性は、マスハスの言葉を疑うなんてことはしない。またマスハスも、マチルダにだけは嘘を吐いたことはない。

いや、誤魔化そうとする時はあるけれど……。

「マスハス様、マチルダは確かに貴方様を疑うなんてことはいたしません。それは、マスハス様がマチルダにだけは嘘を仰らないと信じているからです」

マスハスの内心を、マチルダがズバリ言い当てる。

「それにボードワン卿、将来、確実に王国宰相まで上り詰めると噂されている、若手の筆頭格です。そのような方の名前を使ってまで嘘を吐くとは思えません」

「あいつ、そこまで凄いのか」

「すでに陛下の側近となり、広大な領地と徒党を抱える大貴族のバランスを取り、国内の安定に貢献していると、もっぱらの噂です。そんな方の名前をマスハス様が出す以上、疑う余地はありません」

「なるほどね。ただいいのかい、下手をするとローダント家に迷惑が掛かるぞ」

「その時のお覚悟は、もう出来ているのでしょう？」

マチルダの言葉を聞いて、マスハスは軽く口笛を吹いた。

「ホント、マチルダには敵わねぇな。ああ、そうだ。もし何かオヤジやオードに住んでる領民に迷惑が掛かる事態になったら、俺は家を出る」

「家を出るって、もう出てるだろ。だって実家から追い出されてるんだろ？」

リディが疑問を挟んでくる。

「その家じゃねぇよ。ボードワンの色白野郎にも言っておきな。そんな事態になったら、俺はローダント家を離れる。ただのマスハスになる。そして、どっかの陰険野郎の喉に切っ先を突きつけてやるさ。元々、勘当一歩手前なんだ、都合がいいってもんだ」

「なっ……」

「マスハス様、その時はこのマチルダもお供いたします」

「あのな、お前はもう五十歳じゃねぇか。オードでのんびり余生を過ごせよ」

「あら、一人で寝られないからと夜な夜なマチルダの布団に入ってきたのは、どこの坊ちゃんでしたっけ」

「いつの話だよっ！」

「つい最近も、風邪を引いた坊ちゃんが側にいてと一晩中、マチルダの手を放しませんでしたよね？」

「最近じゃねぇってっ。十年……いや、七年、ご、五年かな」

五年前、マスハス十八歳。

「それにマチルダがいないと掃除も洗濯も調理も出来ない、生活能力ゼロの方がよく仰りましたね」

悲しい事実を突きつけられてしまった。

「い、いや、まぁその時は馴染みの女の家に転がり込んで」

「お尋ね者になったマスハス様が、割り切った間柄とはいえ逢瀬《おうせ》を楽しんだ女性を危ない目に遭わせるとはとても思えません」

「うぐ……」

「このマチルダ、たとえだらしなくとも、真っ直ぐに育ったマスハス様を誇りに思っているのですよ」

優しく微笑まれて、いい歳して母親にあやされてるような感覚。リディの手前もあって恥ずかしくてたまらない。

「あーわかったわかった。もしそうなったらマチルダ、お前も連れてくよ。で、リディ」

誤魔化し半分で、マスハスはリディを見た。

当のリディといえば、なんともいえない顔でマチルダをじっと見ていた。まるでマチルダを見ながら、マチルダではない、もっと遠くの何かを見ているかのように。

仕方なくマスハスは、少し大きめの声と共にリディの肩をつついた。

「でだ、リディ。捜す子供の情報を教えてくれ」

「わかった。まず、子供の顔はボクが知ってる。見ればすぐわかる」

「ああ、そうらしいな」

「その子は裏社会の組織によって、神殿から誘拐されたんだ」

「なるほどね。それでヤリーロの艶髪にいるってのか」

ヤリーロの艶髪には幾つかの裏組織がある。マスハスもニアミスしかしたことはないが、とびきり危険な連中もいると聞いている。

と、リディが首を左右にした。

「違うのかよ」

「ああ、そうさ。そもそもピエール様も、どの組織の凶行かわかってないんだ。だからその組織がヤリーロの艶髪をアジトにしているかどうかも、わかんない」

「なら、なんでヤリーロの艶髪なんだ？」

「ピエール様の密偵の一人が、偶然見かけたんだ」

「なら、その時に捕まえるか後を追えばいいじゃねぇか」

「いや、その時はまだその子が誘拐されたってことは、ピエール様も知らなかったんだ。当然、部下の密偵だって他人のそら似としか思わなかったんだよ。違う任務に就いてたってのもあるしね」

マスハスはテーブルをコツコツと指で叩きながら、今の話を頭の中で整理した。

つまり、対象の子供が誘拐されたことを知ったボードワンが情報を集めたところ、それらしき子供をヤリーロの艶髪で見た部下がいた。その結果、ボードワンはヤリーロの艶髪を重点的に捜すことにしたわけだ。

「その密偵を使えば、一番簡単なんじゃないか？」

「ピエール様も仰ってただろ。この件は、ピエール様が動いてるってことを知られるわけにはいかないんだ。いや、この件があること自体を公にはできないんだ」

訳知り顔でリディが言う。

「お前、その理由分かって言ってんのか？」

「え……ま、まぁ、そのなんとなくというか、宮廷のバランスとか、なんか、そーいうの、かな」

どうやらただのボードワンの受け売りで、リディもよくわかってないらしい。

ただ、元々思っていた宮中のドロドロとしたヤバい案件という確信は、より強くなった。とはいえ、ボードワンに協力せざるを得ないのだが。

「もう一つだ」

「なんだよ」

どうやらプライドが傷つけられたらしく、リディが頬を膨らませている。その仕草は、いかにもまだ小さな女の子のそれだ。

「子供は、捕まってるのか？　それとも逃げてるのか？」

「ピエール様が仰るにはおそらく逃亡中」

「根拠は？」

「それとなく密偵をヤリーロの艶髪の周辺に配置してある。動き回ればバレるけど、監視小屋から数日間見張る程度なら、動きが知られることはないって仰ってた」

「なるほどね。ヤリーロの艶髪街から子供が出てくればわかるか。でもよ、誘拐した連中が子供を捕まえてこっそり街から連れ出してたら、どうすんだよ」

「それは平気だって。もし、その連中が子供をまた捕まえていたら、大きな動きがあるんだって」

「大きな動きね、想像したくもねぇな」

どんどんマスハスの中で、ヤバさが大きくなってくる。

正直、逃げ出したい。

が同時に、子供が誘拐されて逃げ回ってるってことを知ってしまった以上、自分の身柄もあるが放っておくのも、気分が悪い。

そんなマスハスの心中を、

「力を尽くすしかありませんね、マスハス様」

マチルダは心が読めるかのように、いつも的確に捉える。正直、ちょっと照れくさくはあるが。

ボリボリと頭を掻きながら、マスハスは立ち上がった。

「マチルダ、留守は任せるぞ」

「ええ、ご安心を。何しろ、いつものことですので」

「こ、今後はもう少し帰るようにします」

マチルダの笑顔の圧力に負けてから、マスハスはリディを呼んだ。

「さっそくヤリーロの艶髪に行くぞ。なに、ちょうど店で酔っ払い共が騒ぎ出す時刻だ。聞き込みには最適な時間だ。ついてこい」

「わ、わかった」

やや緊張した面持ちでリディが頷く。

「ああ、そうそう。もう二つ確認だ。リディ、腕に覚えはあるな。あの街には、俺でも手に余るヤツが何人かいやがる。そん時は、お前を守るような余裕はない」

「わか、わかってるさ。ボクだって、ピエール様の密偵の一人だぞ。ナイフの扱いくらい慣れてる！」

「よーし、よく言った」

「もう一つはなんだよ」

「聞き込み捜索仕事だ。当然、飲み歩いたり女と寝たりすることになる」

「え？」

「飲み代遊び代は、当然持ってるな。いやぁ、他人の金で呑む酒ほど美味いもんはないからな」

「いや、ちょ、ちょっと待てって！」

「よし行くぞ！」

リディの答えを待たずに、マスハスはウキウキと歩き出したのだった。

満面の笑みで――。

第二章　酒場と少女

ブリューヌ王国は現在、国王バスティアン＝ソレイユ＝アルフォンス＝ファビオ＝ド＝シャルルの統治下にあった。

西で国境を接するザクスタン王国との紛争も落ち着き、内政においても大きな問題なく、比較的平穏な時を過ごしていた。

そういう意味では、バスティアンは名君とまでは言えないものの、良王とは言えるだろう。

既に結婚しており、王妃との間にファーロン＝エステル＝ルイ＝ブランヴィル＝ド＝シャルル、今年九歳になる王子を儲けている。

統治も家庭も、順風な王だ。

ただこのバスティアンの即位に関しては、落とせぬ闇がこびりついているのも事実だった。

第二王子だったバスティアンは、比較的気楽に育った。そのおかげで、父王の視察に付き合い王国の各地に赴き、北の海も南の海も目にするなど、多くの見聞《けんぶん》も得ていた。そんな生い立ちも影響したのか、明るい性格でも知られていた。

ただ、同じ母を持つ兄である第一王子との間に諍《いさか》いがあり、その亀裂はやがて修復不能なまでに広がっていった。その到達点として、バスティアンは兄によって神殿に幽閉されかねないところまで追い詰められてしまう。

バスティアンの中では、だが。

そこでバスティアンは、大貴族フェリックス＝アーロン＝テナルディエ公爵の力を借りて、兄の反逆計画を父王に訴え、神殿に幽閉することに成功し、さらには王位継承権を放棄させ、最後に自決へと追いやった。

その結果として、父王の死後にバスティアンは即位し、現在国王の座に就いている。

もっとも、この一連の権力闘争には、別の側面があるとも言われている。第一王子は、権勢を振るう大貴族に危機感を持っており、テナルディエ公爵やガヌロン公爵といった勢力の力を削ごうとしており、公爵達が先手を打った——との説だ。

ただ、既に第一王子が自決（それも本当かどうか疑義があるが）した今、真相は闇の中だった。

このような経緯を経ているので、バスティアンのテナルディエ公爵への信頼は絶大なものがあった。

このため、バスティアンが地方を視察する際には、テナルディエ公爵が留守を任せられるのが通例となっていた。

それは今回の視察でも同じだった。一ヶ月ほど前からバスティアンは、視察に出ていた。行き先はお気に入りの南の海で、現地で船遊びを満喫したらしい。身内を誰も連れていない単身での旅ではあるが、案外単身だからこその楽しみも満喫しているのかもしれない。

そんな視察ももう終わり、今は王都へと戻っているところだろう。

予定では六日後に、王都に戻るはずだった。

故《ゆえ》に、宮廷にある玉座には今、座るものは誰もいない。

玉座の背後には、紅馬旗《バヤール》——黒いたてがみに赤い体躯《たいく》を持つ聖馬を描いたブリューヌ王国の象徴が、堂々と掲げられている。

一人の男性が、その玉座をじっと見つめていた。

デニス＝イシドール＝テナルディエ公爵、その領地は王国南部ネメタクムであり、ローダント家などは比較にもならない大貴族だった。

今年三十六歳になる小柄な男で、権勢を振るう大貴族とは思えない、豪奢《ごうしゃ》な衣装に着られてしまっている印象すらあった。

あまり武張った功績はなく、もっぱら宮廷での働きと、バスティアンの信頼で威を張っている。とはいえ大貴族、それも弱肉強食を是《ぜ》とするテナルディエ家に生まれその当主となった男だ。宮廷において敵や邪魔者を陥れることなど、幾度となく平然とやってきた。それだけの知恵と権力の使い道は知っていた。

そのおかげで、権勢はますます盛んになりつつあった。

その権勢逆らうところがないともいえる男が、玉座を見つめ、苦い顔をしている。

するとテナルディエに輪を掛けて華美な衣装を着た男が、背後から声を掛けた。

「いかがしたのですかな、公爵。権勢並ぶ者がない貴公でも、顔が曇ることがあるとは、多いに驚きだ」

その声にテナルディエが振り返り、軽く頭を下げた。

「これは王子。本日もご健勝なようで何よりです」

王子と呼ばれた男が、大仰に頷《うなず》いた。

王子、ではあるが先に述べたファーロンではない。フィルベール＝ルイ＝ブランヴィル＝ド＝シャルル。バスティアンが少年に毛が生えた程度の時分に、下級貴族の娘に産ませた子だ。バスティアンも気恥ずかしかったのだろう、かなりの段階まで隠し通し、父王に発覚した時と出産が同日という珍事で、当時の宮廷は大騒動になったと言われている。

貴族とはいえ、あまりに身分が違うため殺すべしとの声も多かったが、バスティアンが第二王子であったことから、赤子は殺されることなく、庶子扱いで生きながらえることになった。ただし、その後フィルベールを産んだ母と、その実家の下級貴族と一族は謎の死を遂げており、家も断絶してしまっていた。

成人後は神殿に入る予定であったフィルベールだが、バスティアンが第一王子となり国王に即位したことから、保険として王子の待遇のまま今に到っている。ただし、ファーロンが産まれた今、彼の保険としての価値は暴落はしていた。政治の場に呼ばれることもなく、何らかの役割を与えられることもなく、父の側に呼ばれることもなく、ただ日々を王都に与えられた、大きくはあるがテナルディエ邸よりは小さく、王族としては狭い屋敷で無為《むい》に過ごし、時折自分から宮廷に顔は出しては無駄話をして迷惑がられる、そんな誰からも敬われない王子だった。

「やれやれ、公爵にそのように頭を下げられると、私は困ってしまうな」

「王子から、なんとありがたきお言葉でしょうか」

あっさりとテナルディエは顔を上げた。だらしなく歪んだ笑みが目に入る。思わず舌打ちしたくなる。この男が宮廷に顔を出す目的の一つに、我が物顔で歩く大貴族共に声を掛けて頭を下げさせ、王子への敬意を引き出すことがあった。

「して、貴公はここで何をしていたのかな。父君が戻るのは六日後だと聞いているが」

「ええ、玉座と紅馬旗を見て、王都の留守を預かる意味と重さ、再確認しておりました。陛下の信頼と期待に応え、この王都の平穏を守らねばならぬ、と」

「なるほどなるほど。さすがはテナルディエ公爵だ。見事なお覚悟ですな」

「お褒めにあずかり恐悦至極《きようえつしごく》に存じます。では、私はこの辺りで」

テナルディエが、王子にするものにしては軽い会釈をして身を翻《ひるがえ》した。

「おや、もうお帰りですかな。いや、ちょっと待って欲しい。どうですか、キュレネーの女を手に入れたのですが、遊んでみませんかな?」

振り返りもせず歩き去っていくテナルディエに、フィルベールが言葉を投げ続ける。それでもテナルディエは一向に足を止める気配がない。

にもかかわらず、ギャーギャーとフィルベールは騒ぎ続けていた。自分から追おうとはせず、ただ言葉で振り返らせようとするだけだ。自分の足を使う気はないらしい。

扉が重い音を立てて、テナルディエの背後で閉まっていく。

その顔には、軽蔑がありありと浮かんでいた。

「まったく煩《うるさ》い御仁だ」

他人には聞こえないように、小さく小さく呟く。

「だが、キュレネーの女か。珍しくはある」

キュレネー、普段はあまり耳にしない国の名だ。それもそのはずで、キュレネーとは国境を接していない。南で国境を接するムオジネル王国、そのさらに先にあるという王国だ。

とはいえ、国力としてはブリューヌ王国に比肩するだろう。ムオジネル王国と同じく奴隷制を敷く国で、住民のほとんどが褐色の肌をしていた。

ムオジネル王国と混同する者も多いが、ムオジネルとは異なる信仰を持ち、異なる文化を持つ国であることを、テナルディエは正しく認識していた。

「もっともあの御仁の紹介ともなれば、願い下げだがな」

そう呟く顔には軽蔑はもう浮かんでない。新たに、嫌悪が広がっていく。

フィルベールの別の顔を、テナルディエは把握していた。

あの男は腐っても王子だ。テナルディエのような大貴族ほどではないが、金もある。それ以上に国王以外、誰も罰することはできない。

その地位を使い、非合法な方法で女を買い漁り、毒牙にかけているという。高級娼婦などなら問題はないが、見初めた平民の娘や人妻を無理矢理連れ去ることもあるという。さらに、困窮した貴族の娘を買い叩くことすらしているらしい。

その果てに、富豪や貴族に妻として妾として、時には夜の奴隷として、毒牙にかけた女達を売り払うことまでしているという。

ここまで来ると、ほとんど女衒《ぜげん》だ。

テナルディエ自身も領民を領民とも思わず、相当に酷い扱いを、有り体に言えば虐げている。その行為に罪の意識など感じたことはない。領民とは自分の所有物であり、娘や妻が気に入れば差し出させることは、当然の権利だと思っている。

だとしても、女達を売りさばくことを主たる仕事にしようとは思わない。

テナルディエにしても、フィルベールの行動には眉をひそめずにいられなかった。

「まったく、ファーロン殿下とは似ても似つかぬ。兄弟とは思えぬな」

宮廷においてファーロンは、まだ九歳という幼さながらいつも礼儀正しく、信仰心も厚く、優しく笑う王子として人気が高い。父親であるバスティアンからの評価も高かった。臣下達も自然とファーロンに対しては、王太子として接している。フィルベールとは大違いだ。

そんなファーロンに思いを到らせて、テナルディエはなぜか顔を曇らせ、大きく大きく、そして深い溜息を吐いた。

「ただでさえ頭が痛いというのに、フィルベールなどという嫌な顔を見てしまったものだ。あやつが王になどなってみろ、この国はめちゃめちゃだ」

テナルディエは吐き捨てるように言うと、足早に王宮を去って行った。

一方、広間に残ったフィルベールはなにやらブツブツと呟き続けていた。

「キュレネーの女に興味がない？　いやいやそんなまさか、あの抱き心地は中々に良いものだと言うのに。ふむ、いや、もしかして不能にでもなったのではないか、あの忙しさ故に、ある、おお、ある、ある、あり得る話よ。ハハッ、ハハハハハッ、あのテナルディエが不能？　これは良い、これは滑稽《こっけい》、ハハハッ、ハハハ」

自分の妄想にひとしきり哄笑し終わった後、フィルベールは目を閉じた。感情の無い顔で、ゆっくりと玉座に近づいていく。

さすがに衛兵達がざわつくが、王子に注意する勇気を持つものはいない。

もっともフィルベールも、玉座に座る意味はわかっている。直前まで行き、座ることなく玉座の横に立った。

そして、愛おしそうに玉座の肘掛けを、背もたれを撫でる。

これはファーロンが産まれなければ、自分のモノになったかも知れない椅子だ。

「……………クッ」

最初から自分とは関係ない、自分のモノには決してならないものであれば、精々《せいぜい》憧れるだけだった。

一度は自分のモノになるかもしれないと思ったモノが、自分以外のモノになると分かった時、人はどう思うのだろう。

いや、それが女程度なら構わない。

まだ諦めもつくだろう。

だが、コレは違う。そんな程度のモノではなかった。

どす黒い感情が身を焼く。

この感情に焼かれた時、フィルベールはいつも思うのだ。

ああ、自分は確かに父バスティアンの子なのだと。

「そうですよね、父上」

小さく呟く。

「だから父上も兄を……ふふっ、ふふふふっ、ふはははははははははははは」

玉座の肘掛けを強く握りしめながら、フィルベールは狂ったように笑い続けたのだった。

† † †

マスハスが足繁く通う酔竜の瞳亭は、ヤリーロの艶髪街《アマシュ》を東西に貫く目抜き通りのほぼ中央に位置する酒場だ。五十人程が入るこの街としては比較的大きな店構えで、一階で酒と料理を出し、二階では宿屋を経営している。

特に安いわけではないが酒も料理も中々の美味しさで、味からすれば安いともっぱらの評判だ。

ちなみに名物料理は数種類のハーブと豚挽き肉を使った腸詰め《ブルスト》で、その美味しさからハーブの組み合わせを聞きたがる客も多い。当然、店主はかたくなに口を割らないが。また、稀《まれ》に鹿肉や兎肉を仕入れている時もあり、常連客にだけ振る舞ったりしている。

酒場としては、上記のように手堅く健全で裏社会に繋がるような商いはしていない。

ただ二階で商う宿は、よく商売女が利用することで知られている。また、一階で働く給仕《きゅうじ》の中には、仲良くなった常連客と夜は二階で過ごす者も少なくはなかった。

そして何より、絶えず百人程の客で満席になるこの店には、多くの人間が訪れ、多くの噂話が飛び交っている。聞き耳をそばだてているだけでも、ヤリーロの艶髪街の情報が多く勝手に入ってくる、そんな酒場だった。

というわけで、マスハスはリディからむしり取った必要経費という名の飲み代を握りしめて、七日ぶりに酔竜の瞳亭を訪れていた。

とりあえず、いつも座っているテーブルに向かい先客にお願い（睨《にら》みつけたともいう）して譲ってもらい、平然とどかっと座る。その隣にリディが申し訳なさそうな顔で座った。

「おーい、サラいねぇか。俺が来てやったぞ」

喧噪《けんそう》の中でも響き渡る大声でマスハスが怒鳴った。大きいだけではなく、よく通る声だ。おかげでごった返す客をかき分けるように、すぐに栗色の髪を後ろで編み込んだ給仕が一人やってきた。

「やーん、マスハスじゃんっ。七日もどーしてたのよ！　なに、アタシにもう飽きたわけ？」

そばかすが残るが可愛らしい顔に笑みを浮かべ、給仕が大げさに腰をくねらせる。

服装は扇情的だ。見せつけるように胸元は大きく開いていて、実際豊かな乳房がのぞいている。袖は上腕部の半分ほどしかなく、手を上げたら腋の下が見えてしまいそう。深紫の裾は膝程度までしかなく、小さめの前掛けと腰に赤いリボンが添えられていた。

「あのなぁ、サラ。俺がお前を助けたせいでしょっ引かれたの見てただろうが」

サラと呼ばれた給仕が、当たり前のようにテーブルの上に腰掛け、マスハスに顔を近づける。

「もち見てたけど。でもさー、七日よ、七日。他の男と遊んじゃおうかと思ったわ」

「助けてくれた男に随分なこと言うじゃないか、おい」

「あーら、どうせアタシ達、遊びでしょ？」

「俺が誰とでも遊ぶ男じゃないってくらい、サラはよーく知ってるはずだろ」

「あら、それはアタシの言葉。マスハスこそ、アタシが誰とでも遊ぶ女じゃないて、知ってるくせに」

「……畜生、からかわれた」

「あははは、ごめんごめん。これで許して、チュッ♡」

サラが更に顔を近づけて、マスハスの額に軽く唇を当てた。隣でリディの顔が真っ赤だ。

「で、ホントのところ、どこ行ってたのよ。大将も心配してたわよ」

「あのオヤジが、俺を？」

大将、オヤジこと、この店の店主は、貴族の下で戦った元兵士だ。ただ戦場で手柄を立てたものの、その時の怪我が原因で二度と戦えない体になってしまった。そこで報奨金を握りしめて王都にやってきて、この店を開いた。そんな経歴のせいか大柄で厳つい顔の持ち主だった。

なのでマスハスとしては、顔なじみではあるが人の心配をする顔が、どうしても思い浮かばない。

「ええ。上客を他の店に取られたんじゃないかって」

「そーいう心配かよ……」

「で、ホントのところどこうろついてたのよ」

「うろつくこともできねぇとこだ。牢屋だ牢屋、七日ぶち込まれてて、さっきようやく解放されたんだよ」

うんざり顔で、マスハスは答えた。

その顔をサラがまじまじと見つめ、クンクンと鼻をひくつかせた。

「その割には、臭くないいんだけど。てか、臭いどころか香水までつけてるじゃん」

「当たり前だろ。サラに会うんだ、牢屋の垢くらい落としてくるさ。それとも、牢屋から直行したら、お前が俺を洗ってくれたか？　そのでっかいおっぱいでよ」

「あら残念」

「なんだよ、ケチだな」

「フフッ、洗うんだったら、このおっぱいも使うけどぉ」

サラが、両手で自分の乳房を寄せる。すると、ただでさえ深い谷間が、さらに深くなる。

「で、マスハス。ご注文は？　いつもの蒸留酒に腸詰め？　それとも、ア・タ・シ♡」

「そいつは後回しだな」

「え～～～～～～、ざーーーんねん」

「あのなぁ」

「冗談よ、冗談。アタシだって、こんな忙しい時間から二階にしけ込んだら、大将に叱られちゃうもん」

サラの言う通り、この繁盛店は絶えず人手不足で給仕の忙しさは半端ない。

「相変わらず人手不足だよな。あのオヤジは新しい給仕は入れないのかよ」

「大将の選考基準、意外に煩いのよね。あーでも明日から一人増えそうよ」

「へぇ、そうなのか？」

「うん、アタシから見ても綺麗な子よ。二階に行くのを、ちらっと見ただけだけど」

「あん、さっそく二階にしけ込んでるのかよ」

「違う違う。疲れてるらしくって、今日は二階で休むんだって。なんでもしばらく住み込みで働くみたい」

「へぇ、そいつは珍しいな」

「でしょう？　ま、明日を楽しみにしててね」

「おう。俺好みだったら、へへっ」

いやらしく笑うマスハスに、サラがちょっと首を傾げる。

「好みかどうかはわからないけど、身持ちは堅そうだったけどなー。ま、それはいいとして、今日は鹿肉の燻製も入ってるわよ。お客様、どーしますか？」

「そうだな。じゃぁそれと、いつもの酒と、あーあとジャガイモの蒸し焼きとキノコ焼きとライ麦パンでもくれ。それと、このガキの飲み物もなんかくれ」

「ガキじゃないって言ってるだろ！」

マスハスに噛みついたリディを、サラがしげしげと見た。

「な、なんだよ」

「マスハスの子供にしては似てないわよね」

「ちげぇよ！」

「違うから！」

同時に叫んでしまう、マスハスとリディだ。

「あははは、冗談だってば、もー」

「心臓に悪い冗談はよしてくれ……。コイツはリディって言ってな、ちょっと事情があって連れ回してるんだ」

「ふーん、親御さんでも捜してるの？」

「親じゃないが、ま、人捜しには変わりないな」

「そうなんだ。そうね、その子にはミルクでいいかしら？」

「ああ、そうしてくれ」

「おっけー。じゃ、ちょっと待っててね！」

そう言うと、サラは人混みの中を器用にすり抜けて行く。

去って行くサラのお尻を見ながら、マスハスは背もたれに深く寄りかかった。周囲に聞き耳を立て始める。

喧噪から聞こえてくる話題なんてものは、ほとんどが取るに足らないものだ。しかもここはヤリーロの艶髪街、王都でも有数の、特に庶民の盛り場だ。

聞こえてくるものの大半は、どこの女がいい、あそこは安い割にいい女が揃っている、あっちの酒場にはヤレる給仕がいる、ここの給仕で一番の美人を決めよう、等々、くだらない話題ばかりだ。

ただ稀に喧嘩の話、店でルール違反を犯して制裁された、どこそこの酒場の女主人は実は裏社会の頭目の情婦だ、等の危ない話も聞こえてくる。

そんな中でようやく、テーブルを二つほど挟んだ席で若い男二人が興味深い話をしているのが聞こえてきた。

「そういやさ、お前見た？」

「見たって何をだよ」

「貴族の仮装をした子連れの女がいたんだよ」

「あー、あの姉ちゃんと子供か。なんか急いでるのか、急いでたよな」

「そうそう。どっちも金髪でさ、特に綺麗な姉ちゃんだったよなぁ、幾《いく》ら払えばヤラせてくれんのかなぁ」

「止めとけ止めとけ。ありゃ訳ありだって。たとえばさ、こんなのどうよ」

「どんなだよ」

「愛する旦那と子供がいるのに借金の形で、どっかの頭目か金貸しに子供と一緒に買われてさ、そいつが変態貴族趣味の親父で、貴族の衣装着せられて、今から犯される！　って時に、やっぱり旦那が忘れられずに逃げ出したとかさ」

「お前、妄想逞《たくま》しいなぁ」

「まぁ、俺の妄想が本当かどうかは知らないけどよ。なんにせよ訳ありだって。とびきりの美少女だからって、ヤったおかげで埋められるのはゴメンだね」

「そりゃそうだ」

そして二人は再び飲み始めて、仕事の愚痴《ぐち》を始める。

「リディ、聞いてたか」

「ああ、もちろんだ」

「俺達が捜してる子供ってのは、金髪なのか？」

「金髪だ。一緒にいる女ってのはわかんないけど」

「ただまぁ、数少ない手がかりだ。ちょいと、どの辺りで見たか聞いてくる」

マスハスは立ち上がると、他の客をかき分けて歩き始めた。と、そこにサラが料理と酒を持ってやってくる。

「あれ、呑まないの？」

「野暮《やぼよう》用だ」

答えながら、マスハスは盆から鹿肉の燻製と蒸留酒が入った青銅杯を掠め取った。

サラは数秒、怪しむようにマスハスの背中を見ていたが、すぐに「ま、いっか」と切り替えて酒と料理をリディが座るテーブルへ運んでいく。

「なぁ、兄ちゃん達、ちょっといいかい？」

愚痴りあってる二人の前に、マスハスは鹿肉の燻製を置いた。

「お、常連しか食えないって噂の鹿肉じゃん。俺、まだ食べたことないんだよなぁ」

やや太った方の男が、単純にも喜び声を上げる。

が、もう一人の背の高い男は、マスハスへ隠そうともしない警戒の視線を送ってきた。

「兄さん、なんのつもりだい？」

「なに、アンタらさっき面白そうな話をしてたじゃないか。それを詳しく聞きたいのさ」

「面白そうな話？」

「ああ、そうとも。貴族の仮装をした金髪の美少女がいたってヤツだよ。俺の席まで聞こえてきてさ」

「アンタの席、そこそこ離れてただろ。あんな所で、俺達の話が聞こえるのか？」

「耳の良さには自信があるんだ。仲間の連中にも、よく驚かれるくらいにね」

「……そうか。でも、なんであの話を聞きたいんだ」

「あー、それ言わなきゃダメか、やっぱり。はぁぁ、恥ずかしいんだけどよぉ」

大仰に、マスハスは溜息を吐いて頭を掻く。

すると鹿肉の燻製に目が釘付けだった太った方の男が、ビシッとマスハスを指さした。

「わかったっ。兄さんも貴族趣味の変態だな！」

「……あ、バレた？　いやぁ、女にさ、貴族の仮装させて組み敷いて抱く瞬間って、興奮すんだよなぁ。手の届かないものを汚してる優越感っていうの？　くぅう、たまんねぇ」

「あー、それちょっとわかるかも。ねぇねぇ、何を教えたらこの燻製くれるんだい？」

「なに、どこらで見て、どっちに行ったかだけでいいさ。ま、今から追っても無理だとは思うけど、万が一ってことあるだろ？」

「そんだけでいいんだ、なら――」

話そうとした太った方の男を、背の高い男が手で制した。

「兄さん、本気で言ってるのか？　あの女、絶対に訳ありだぞ」

「危ない女ってところも、興奮ポイントでね」

「それに、結構前の話だ。一刻半くらい前だぞ？」

三時間というと、店が開く前の時間だ。マスハスが牢屋から一度、家に帰った辺りだろう。

「構わないさ」

頷き、背の高い男が話し始めると、鹿肉の燻製は太った方の男の口へと消えてしまった。

「――ってわけだ、リディ」

戻ったマスハスが、リディに聞いた話を伝えると何故かジーッとマスハスを睨む。

「なんだよ？」

「なんだよじゃないだろ。なんで、ドカッと座って蒸留酒を呑んで、腸詰め食いだしてんだ！」

「なんでって来たからに決まってんだろ。それに、冷めても美味いけどよ、やっぱり熱いうちの方が美味いからな」

「そーいうことじゃなくてっ、捜しに行くんだろっ、そのために聞き出したんじゃないか！」

「ああ、お前がな」

「……は？」

「いやだから、聞き出すのは俺の仕事、捜しに行くのはお前の仕事」

「どーしてそうなんだよ！」

ドンッとテーブルを叩いてリディが立ち上がる。

「いやだって、他にも情報あるかも知れないし、勝手に出て行ったらサラに怒られるし」

「あの姉ちゃんの方がメインだろ、それ絶対！」

リディの指摘に、マスハスはニカッと満面の笑みを浮かべた。

「偉いぞ、よく分かったな」

「てめぇっ！」

「わっ、ちょ、怒るな暴れるなっ。料理が零れるだろっ。いいか、他にもちゃんとした理由があんだよ」

マスハスの言葉を聞いたリディが、疑いながらも椅子に座る。

「なんだよ、言ってみろ」

「走ってたってことは、追われてる証拠だ」

「だな」

「この街の裏社会の連中には、俺のことを知ってるヤツもいる。俺が貴族だってこともな」

「でもさ、ピエール様は言ってたじゃんか。この街の裏社会の連中がさらったかどうかはわからないって」

「あのな。もしそうだとしても、俺ならこの街の組織に協力を求めるね」

「あ、そうか……確かに。うん、マスハスにしては鋭いな」

「俺にしてってのは余計だ。わかるだろ、俺が何か捜し回ってるって話が流れたら、色々と余計な茶々が入るかもしれない。そりゃそうだ。ちんけな貴族とはいえ、貴族が子供を捜し回ってるなんて知れてみろ。関係ない連中まで子供を捜して捕まえて、なにかに利用しようとしかねない。この街の連中は金に汚いことこの上ないからな」

わざとらしくマスハスが理由を言《い》い募《つの》ると、リディが溜息と共に立ち上がった。

「……分かったよ。確かにマスハスの言う通りだ」

「おう、よろしく頼むぜ。俺は朝までここにいるからよ」

「ここじゃないだろ、あっちだろ」

露骨に軽蔑の目でマスハスを見ながら、リディが二階への階段を指さす。

「ま、二階で声を掛ける時は色々とタイミングを見計らってくれや。実戦を見ながら性教育を受けたくはないだろ？」

「ああ、もちろんだよっ。マスハスがその汚ぇケツをヘコヘコ振ってるのなんて、見たくねぇよ！」

吐き捨ててリディが、ドンドンと足音も荒く立ち去っていった。

マスハスといえば呑気《のんき》に蒸留酒を一気に飲み干して、お代わりを頼んだのだった。

†　†　†

フィルベールの屋敷は、王宮がある城壁内ではなくヤリーロの艶髪街などと同じ地区にあった。この時点で、彼の王国内の待遇が窺えるだろう。

それでも王子として、百を超える人数が働いている。

とはいえ、彼らはみな雇われているだけであり、郎党といった関係にはない。忠誠といったものを持つ者は皆無といってよかった。

「……今の話、私の聞き間違いか？」

玉座を模した椅子に座ったフィルベールの身体が震えている。

恐怖ではなく、怒りでだ。

「も、申し訳ありません。私めも先ほど知った次第でして……お、お許し――」

深々と下げた従者の頭に、グラスが叩きつけられた。従者が悶絶して、倒れ込む。

「ええいっ、貴様ぁっ。気絶して済むと思ってるのかっ、そうか演技だなっ、その頭を踏み潰してくれる！」

勢いよく立ち上がったフィルベールが、吠えながら従者へと近づいた。

が、直前で立ち止まった。

彼の前に、男が一人出てきたのだ。

「ええい、邪魔をするな！」

「おいおい、そういう態度だから誰も報告しちゃくれないんじゃないか？」

フィルベールの言葉に従う素振りも見せず、従者を抱き起こしながら男は苦笑する。

男の名は、ガスパール＝ダーナル。

ブリューヌ王国東部の寒村ボーブルを領するダーナル男爵家の当主だ。背は高く筋肉質で引き締まった、いかにも戦士といった肉体を持っている。金色の髪を持ち、顔の造形もほどよく整っており、鋭く光る青い瞳と相まって精悍《せいかん》な印象を与えていた。

ただどこか、全体として歪というか暗い影を背負っている印象もまたあった。

「貴様……くっ」

フィルベールが、たかが男爵が相手だというのにガスパールの前で、悔しそうに立ちすくんだ。

「俺としても、まさか報告が上がってないとは思ってなくてな。今日は現状報告を兼ねて、ここに足を運んだんだが、使用人にとっちゃ余計なお世話だったみたいだな」

ガスパールは、まだ気絶したままの従者を他の使用人に預けると、ゆっくりと自分にあてがわれた椅子に座った。

面会に来たガスパールに、上機嫌なフィルベールが夕食の席を用意していた。機嫌良く葡萄酒《ヴィノー》を飲んでいたフィルベールだが、ガスパールの報告を聞いて豹変《ひょうへん》したのだ。

ガスパールは、その時のフィルベールの、呆然とし、驚き、癇癪《かんしゃく》を起こし、ついには烈火の如く怒りだした姿を思い出して、思わず含み笑ってしまった。

誤魔化すように、葡萄酒の入った銀杯に口を付ける。

「クソッ。あのバカ者共め。あとでしっかりと罰を与えてやる！」

怒りが納まらない様子で、足音も荒くフィルベールが自分の、似非玉座に戻った。そして怒鳴りながら、替えの葡萄酒を命ずる。

泣きそうな顔で、給仕が慌ただしく出て行った。

その様子だけで、日常フィルベールが屋敷で働く人間にどう接しているかわかろうというものだ。

「ま、旦那には俺から事情を説明してやるよ」

「貴様っ、殿下と呼べと言っているだろう！」

「親しみを込めてるのさ、旦那」

「貴様――」

「おいおい、お願いだから、怒りにまかせて俺にまで銀杯を投げつけないでくれよ？」

「……もちろんだ」

「オーケーだ。何しろ銀杯なんて投げつけられたら、大事な依頼人をつい斬っちまうかもしれないからな。ま、親しき仲にも礼儀あり、だ」

ガスパールの冗談とも思えない冗談を聞いたフィルベールが、一瞬ビクッと身体を強《こわ》ばらせる。

彼の中で、この男の言葉が冗談ではない、やりかねない危険な男だと考えられている証左だった。

「さてと、まず依頼の品物は俺がきちんと旦那に納入した。後は俺が報酬を貰って終わりのはずだった。だが品物を使い終わるまでは仕事は終わってない、そうアンタが言ったわけだ」

「その通りだ。私にも都合がある。投棄場所にも拘りたかったのでな」

ゆっくりとフィルベールが頷く。

「そこらに棄てればいいってのに。ったく、仕方ないってあの時、納得するんじゃなかったぜ。でだ、アンタの屋敷で保管中に品物は、逃げ出した嬢ちゃんに持ち去られちまった。そうだな？」

「無能共のせいでな！」

「おいおい、俺に怒鳴らないでくれよ。俺は、その無能さん達の依頼で品物をまた捜索してるんだぜ？　しかも、旦那の依頼って形でな。そうだな、そう考えると連中は、俺を騙しやがったのか。ははっ、お仕置きはアンタじゃなくて俺の仕事だな」

笑いながら、ガスパールの目は一切笑っていない。

「わかった。衛兵や給仕達は貴様に引き渡そう。好きにするがいい」

「そうするよ。旦那のとこの給仕は綺麗どころが揃ってるからな。部下達が大喜びするだろうよ」

「貴様はいいのか？」

「俺かい？　女は貰うもんじゃなくて奪うもんだと思ってるんでね。そもそも、あの嬢ちゃんと品物は顔見知りだったのか？」

「そんなわけなかろう。田舎貴族の娘が知っているわけがない。価値も知らんだろうな」

「だったらなんで、持ち逃げなんてしたんだ。あの嬢ちゃんがこの屋敷にいなければ、実家が困るだろうに」

「さあな。給仕によれば、私が殺すと伝えたのを聞いたとか言っていたが」

「ハッ、正義感か。らしいっちゃらしいか」

ガスパールが、虚空を見つめて肩をすくめた。その妙な仕草を気にすることなく、フィルベールは苛立《いらだ》たしげに口を開いた。

「逃げたものは逃げたのだ。もう目星は付いているのか？」

「なんとかな。お、この鶏肉、香味が利いてて美味いじゃないか。さすが、王子様の屋敷は出るもんが違うね」

豪快に、ガスパールが引きちぎるように鶏肉を咀嚼《そしやく》していく。

「ええい、そんなものなら幾らでもやる。早く、在り処を言え！」

「まぁまぁ焦るなって。在り処を知ったところで、旦那にはどうしようもないだろ」

ガスパールの言う通り、フィルベールには屋敷で働く人間はいても、荒事を為すような部下は一人もいなかった。

衛兵程度ならまだしも、私兵を持つことは禁じられている。そもそも領地もないので兵を集めることもできない。

「クッ……好き放題言いおって」

「そうでもないさ。俺は依頼主として最低限、旦那のことは敬ってるつもりさ」

敬意の欠片もない様子で、いけしゃあしゃあとガスパールが言う。そんなガスパールを苦々しく見ながら、フィルベールは丁度運ばれてきた葡萄酒を、八つ当たりするように一気に煽《あお》った。

「お、いい飲みっぷりだ。さて、品物の在り処だけどな。どうやらヤリーロの艶髪街だ」

「あんな低俗な場所にか？」

「おいおい、あの街に女を納品したりしてる旦那が、そんなこと言うのかい？」

「使えなくなった女や給仕を払い下げているだけだ」

「よく言うぜ。旦那に頼まれて、あの街から若いのを端金《はしたがね》で買い取ったのは、何回かね。両手の指じゃ納まらないはずだぞ」

これ見よがしにガスパールが、手を広げる、

「ふん、端金になるのは、私が払った金の大部分を貴様が抜き取るからだろうが」

「必要経費さ。そもそも、旦那が俺と知り合ったのも、あそこの高級娼婦を一人、旦那が殺しちまったからだろう？　いたぶりすぎてよ」

「乗り込んできた貴様に、それ相応の金は払っただろうが。王子たるこの私に抱かれただけでも、あの女は満足だろうよ」

悪びれる様子もなく、フィルベールは平然としている。その顔を、ガスパールが興味深く見つつ、葡萄酒を口にした。

「へぇ、よくもまあ、そんなこと言い切れるもんだ」

「私の方こそ、あの時は驚愕したぞ。まさかダーナル家の人間が、あんな街を根城にしているとは、誰も思わんだろ」

「そうかい？　没落して宮廷に居場所もなく、まともな耕作地もないボーブルなんて捨て扶持

貰って惨めに生きてる男爵家には、お似合いの街だと思うけどね」

「ふんっ。かつてはテナルディエやガヌロンにも並ぼうかという家がみっともない——」

フィルベールが言葉を止め、口を開けたまま凍り付いた。

目の前の、ガスパールの目が据わっている。表情そのものは、変わらずにやついた顔だが、フィルベールを射貫く目には殺気が確かにあった。武術の素養など欠片もないフィルベールにすら、はっきりとわかるくらいに、だ。

「なんだい、旦那。言いたいことはそこまでかい？」

「い、いや、なんでもない。今のは忘れてくれ」

逃げるように、フィルベールが葡萄酒をまた一口で飲み干す。

「それで、品物の回収の目途は立っているのか」

「今、部下達が走り回ってる。安心しな、街から外には出させないよ。何しろ、旦那が言う通り、あの街は俺の根城、いやあの街こそが俺の領土だからな」

どこか誇らしげに、そして同時に暗い目でガスパールが宣言した。

†　†　†

リディが子連れの女を捜しに出てから、かなりの時間が過ぎていた。もう一階の酒場にはほとんど客はおらず、残っている客もほとんどが酔い潰れて店主に追い出され始めていた。

マスハスの姿は宣言通り、宿でもある二階の一室にあった。

「うふふ、七日ぶりだもんねー。マスハス、覚悟しててよ？」

ベッドに全裸で座るマスハスの前で、サラが給仕の服をゆっくりと、見せつけるように脱いでいく。

隠そうともしない豊かな胸が、ぷるんぷるんと揺れ動く。その様を、マスハスはニヤニヤと見つめている。

下着を脱ぐと、栗色の生い茂った茂みが露わになった。

「相変わらず、サラは毛深いよな」

「そーいうことを本人の目の前で言わないでよー。ちょっとは気にしてるんだよ？　大体、マスハスがいっつも明るい方がいいって言って、灯りを消してくれないから目立つんだからね」

「だってその方が、サラの綺麗な体を眺められるじゃんか。その毛深い茂みも含めてさ」

「だから、気にしてるってんでしょ！」

「そうか？　俺は嫌いじゃないぜ。毛深い女は情が深いって言うしな」

「ふーん、そうなんだ」

衣服を全て脱ぎ捨てると、サラが後頭部にゆっくりと手を回して編み込んだ栗色の髪を解いていく。

その間も、胸も秘部も一切隠そうともしない。堂々とマスハスの好色な視線に晒し続ける。いやむしろ、好んで見られている。

マスハスの好色な視線を受け続けると、サラもまた興奮してくるのだ。だから、わざわざ時間を掛けて編んだ髪を解いていく。

「あれ、サラ」

「なに？」

「茂みに露が付きはじめてるぜ」

「だってぇ、久々にマスハスのエッチな視線を浴びてるんだもん。なんだか視線で犯されてる気がして、あんっ、気持ちよくなってきちゃうわよ」

「露出癖かよ」

「やーね、人を変態みたいに言わないでよ。マスハスに見られてるからよ？」

「嬉しいこと言ってくれるな。おかげで見ろよ」

足を広げて座っているマスハスが、自分の股間を指さした。

「わぉ、相変わらず凄いわね。生唾《なまつば》出ちゃいそう」

「いや、実際出てるから。サラは、ホント淫乱だよな」

「やんっ、マスハスに褒められちゃった♡」

「そうかぁ？」

「ねぇ、舐めてもいい？」

髪を解き終わったサラが、文字通り舌なめずりしながらマスハスに忍び寄る。

「いや舐めるもなにも、もう戦闘態勢整ってるし」

「いーのいーの、アタシが久々にマスハスを味わいたいだけだもん」

「いやでもなぁ。何しろ七日、牢屋で禁欲生活だぜ？　サラのテクニックに掛かったら、すぐに果てちまうぞ」

「あら、なおさらいいじゃない。しっかり呑んで、あ・げ・る♡」

「そいつは二回戦に取っといてくれって。サラ、ベッドに上がれよ」

マスハスはサラの左手を取って引き寄せると、軽々と抱き上げてベッドに寝かせた。

「やーん、アタシ食べられちゃう♡」

嬉しそうにサラが足を開いた時だ。

バンッと大きな音が隣の部屋から、壁越しに聞こえてきた。更に数回、ゴンッ、ドスンッと音が響き、

『イヤァァァァアッ』

女性の悲鳴まで聞こえてきた。

「なんだぁ？」

思わずマスハスは、サラのソコから目を離して壁を見てしまった。

「お隣さん、なんだかすっごいプレイしてるのかな？」

サラがなぜか目を輝かせる。

ただその間も、隣の部屋からは騒音が響いてくる。

「うるせぇな、文句言ってくる」

「えーダメよ。それはもう、すっごいプレイを堪能してるんだろうし」

「いや、どんなプレイだよ……」

「あら、世の中には喧嘩にしか見えないような激しいのもあるって話よ」

「まぁ、猫の交尾もうるせぇしな」

と、マスハスが妙な納得をした時だ。隣から扉が乱暴に開け放たれた音が響く。

「おい、いくら何でも廊下でヤルのは変態過ぎないか」

「激しい上に露出好きって凄いかも」

「まぁ、いいか。おい、こっちも負けてられないぜ。朝まで激しく抱いてやるからな」

「ふふっ、待ってましたっ。明日、お休み取ってあるから、立てなくなるまで抱いてね、マスハス♡」

「任せろ」

好色な笑みを浮かべながらマスハスがサラの両脚を抱え上げた時だ。

部屋の扉が開け――いや、盛大にぶち破られた。

「な――」

先っちょだけ入った状態で、サラが固まる。マスハスといえば、咄嗟《とっさ》に枕元にあった剣を手にすると、すかさず抜き放ち固まっているサラを守るように立ち上がった。

転がり込んできたのは深いフード付きのローブを着た、どう見てもまともそうには見えない男だ。

部屋の扉をぶち破って転がり込んできた時か、はたまたその前か、男は気絶しているようだ。次いで破られた扉を見ると、右手に剣を持ち右足を上げた状態の少女――リリアーヌの姿があった。体勢から察するに回し蹴りを、この気絶した男に放ったようだ。

大きく足が上がっていて、スカートの中身が丸見えだ。

「こっちよ、こっちから逃げるわ！」

マスハス達に気が付いていないのか切迫した声で叫んで部屋に飛び込んできた。剣を持たない左手には、子供の手を引いている。夜でも昼間のように輝く金色の髪をした、品の良さそうな、だが怯えた顔をした男の子だ。

「お、おい、なんだお前ら」

さすがに立ち上がって、マスハスはリリアーヌと子供に声を掛ける。

そう、全裸で股間のイチモツをそそり立たせたまま、で。

「――ッ！」

リリアーヌが、息を呑んだ。

顔が、耳まで瞬く間に真っ赤になっていく。よく見れば右手に剣を握りしめている。自由な左手をゆっくりと挙げて、マスハスの股間を指差し、

「――――」

何を言いたいかはわからないが、パクパクと口を開閉した。

「ん～？」

「それが何か聞きたいんじゃない？」

サラが身体を起こして、ちょんと指先でイチモツをつついた。

「ああ、これか。これは女を喜ばせる聖剣だ。お前もそのうち、大好きになるぜ？」

「～～～～～～～～～～～～～～～～～～～～～～～～～～～～！！！」

声にならない悲鳴を上げたリリアーヌが、剣を構えた。その目は思いっきり動揺してしまっている。

「な、なんだよ、俺の聖剣がいくらガチガチでも、本物の剣は厳しいぞ」

「そもそも突く専用だもんね」

「き、汚いもの、ぶら下げて喋らないでぇぇぇぇえっ、ぶった斬る！」

「わっ、ちょ、待てっ、危ないだろ！」

リリアーヌが右手で剣を振り回す。女にしては予想外の鋭い太刀筋に虚を突かれて、マスハ

スは慌てて後ろのベッドへと回転して跳んだ。

素っ裸なので、リリアーヌの目の前でアレがぶるんと震えて、彼女の混乱と怒りに火を注いでしまう。

「イーーーーヤーーーーーーーーーーーーーーーーーーーーーーー！！」

剣を素早く振り上げたかと思うと、ドンッと床を蹴破りそうに重く踏み込んで、斬り込んできた。

「チィッ！」

またもや鋭い刃筋に、ベッドの上でみっともなく尻餅をつきながら、剣風を避ける。

リリアーヌが据わった瞳のまま、膂力というよりも剣の重さを流すように、左手も添えてクンッと斬り上げてくる。

――ギンッ。

マスハスが座ったまま剣を、片手で上げていた。剣と剣がぶつかり、両手持ちのリリアーヌの身体が、グラリと後ろへ押される。

その隙に猫のように、マスハスは座った状態から跳躍した。リリアーヌの隣に、立つ。慌てたリリアーヌが剣を上げようとするが、マスハスはその手首をもう掴んでいる。

「女にしちゃ、いい腕で正直慌てたぞ」

「話してよっ、変態っ。そもそも危ないのは、あ、貴方の方でしょっ。そ、そんなもの私に見せるとかっ、どういう神経してるのよ！」

「飛び込んできたのはお前だろうが！」

「そうそう。それに汚くなんてないもん。アタシなんて口で悪戯するの大好きだしね」

「……え、お口？　は？　口？　え、そのぶら下がってるのを、く、口？」

理解が追いつかないのか、リリアーヌが固まる。

「そうよ。お口で舐めてあげると、男の人はすっごーい喜ぶんだから」

「はい？　喜ぶ？　舐め、舐める？　え、あれ、ええと、その、もしかしてそれ、腸詰め……か、なにか？」

もう大混乱だ。

思わずこのちん入者にマスハスは苦笑してしまったが、視線の端に動く影を見逃すことはなかった。

「お前ら、下がってろ！」

手首を掴んでいたリリアーヌを後ろへ、放り投げる。リリアーヌは「キャッ」と声を上げて、尻餅をついてしまった。

「何するのよ！」

リリアーヌの抗議とマスハスが飛び上がるのは同時だ。

部屋に飛び込んできた男二人を、抜き放った剣でためらいもなく脳天から斬り捨てた。

「なんだ、こいつら？」

「斬っちゃってよかったの？」

サラの疑問に、マスハスは笑って言い放った。

「なぁサラ、この街はいつからそんなお上品な街になったんだよ。他人の部屋に無断で、抜き身ぶら下げて入って来たんだ。死にたいってことだろうが」

リリアーヌには、その笑みが獰猛《どうもう》な肉食獣のものとしか思えなかった。その笑みに半ば竦みながら、それでもただ一言、どうしても言わねばならない言葉をリリアーヌは口にしたのだった。

「いい加減、股間隠してちょうだい……」

第三章　金色の侯爵

「何があったんだよ！」

酒場に戻ってきたリディが、壊れた扉に驚いて部屋に入ってきた。

リリアーヌが乱入してきてから、まだそう時間は経っていない。マスハスが、七日ぶりの本番を諦めて渋々と服を着替え終わったくらいだ。

血痕は残っているが、死体は店主が片付けていた。明日の朝にでも、泥棒とでも言って誤魔化すのだろう。この街ではよくあることだ。

「サラ、悪いけど今夜はもうなしだ」

「えーーーーーーーーーっ」

思いっきりサラが、不満そうに頬を膨らませた。

「仕方ないだろ。それに、ちょっとばっかり危ないことになりそうだからな。今夜はもう家に帰れ」

「ちゃんと後で穴埋めしてくれる？」

「もちろんだ。それと……」

サラの耳元でマスハスは何事かを囁《ささや》いた。

少し考えてからサラは頷《うなず》いて、小走りに部屋を出て行った。まだ階下には店主がいるはずだ。店の者を大事にするあの男なら、サラを確実に家まで送ってくれるだろう。この街の夜に、女性が一人でうろつくなんてことは自殺行為だ。

「なぁ、マスハス。この子供……」

リディが、壊れた扉近くに背中を壁にして座った。廊下も見える上に、万が一リリアーヌ達が部屋から逃げようとしても押さえられる、絶好の位置だ。

「ああ、やっぱりそうか。はぁ、捜し物が飛び込んでくるとはな」

ボリボリと頭を掻いてから、マスハスは少女と子供を見た。

「嬢ちゃん、名前はなんて言うんだ？」

「あら、この街の男は自分の名前も言わずに女性に名前を言わせる野暮《やぼ》が常識なわけ？」

「あー悪かった悪かった。だから、そんな口を尖らせて拗《す》ねるなって」

「ふんっ」

「やれやれ。いいか、俺はマスハス＝ローダント、オードを治めるローダント家の嫡男《ちやくなん》だ。家の爵位は伯爵」

マスハスの言葉に、リリアーヌが思わず「は？」といった顔をした。そしてまじまじとマスハスを見つめ、きっぱりと言い切った。

「嘘ね」

「嘘じゃねぇっての！」

「嘘じゃなければなんなのよっ。こんな所で裸で、お、お、お……男の人の……」

最後は消え入るような呟きになってしまう。もちろん、顔も赤くなって俯《うつむ》いてしまった。そのまま「男の人のをぶらさげ、ぶらさ、げ……」等々、ごにょごにょと呟いてから、いきなりガバッと顔を上げ、マスハスを指さした。

「とにかくっ、信じられませんっ。貴族だっていう証拠はあるの！」

「面倒くさい女だな。仕方ねぇな……ほらよ」

マスハスは自分の剣をリリアーヌに渡した。

「なによ、これ。これがどうしたの？」

「よく見ろ。ローダント家に代々伝わる宝剣だ。その名も『百五十年前に滅んだカディス王国で鍛えられた名剣ロシナンテ』だ。鞘も柄も、なにより刀身が、並のもんじゃないだろ。ウチは貴族ったってよ、小さなもんだ。ただこの宝剣だけは、大貴族が持っててもおかしくないって、評判なんだぜ？　そんじょそこらにあるもんじゃないだろ」

マスハスの説明を聞いているのか聞いていないのか、リリアーヌが鞘から刀身を抜き放ち、灯りの下でじっと見つめていた。

「…………綺麗」

一言、呟いた。

「ま、ものを見る目はある嬢ちゃんか」

「じょ、嬢ちゃん嬢ちゃん言わないでよねっ」

刀身を丁寧に鞘にしまい宝剣ロシナンテをマスハスに返しながら、リリアーヌが唇を尖らせる。

「仕方ないだろ、こっちはまだ名前も聞いてないんだからな」

「……リリアーヌ。リリアーヌ＝ヴォジエよ。ヴォジエ子爵家の娘ね」

なぜか悔しそうに自分の名前を口にする。

「リリアーヌか。そうだな、可愛らしくリリーでどうだ？」

「あのね、初対面の女性の名前を、いきなり短くする？」

「悪いか？　その方が、お近づきになりやすいってもんだろ」

「呆れた」

ハァと溜息を吐いてから、リリアーヌが諦めたように頭を振った。

「ま、それでいいわ。貴方みたいな男性は、断ってもそう呼ぶのでしょうし。故郷の家族や親しい人達からは、そう呼ばれてたから」

一瞬、故郷の人々を思い出してしまう。ただ、それがマスハスに名を呼ばれたからというのが、どうにも納得がいかずに、リリアーヌは目の前の軽薄な男をジロリと睨《にら》んだ。

「な、なんだよ」

「なんでもないわよ」

　プイッと横を向いてから、リリアーヌは自分のことを再び話し始めた。

「領地は、東部のスナンっていう山間部の痩せた土地。貴方は自分の家のことを小さなものって言ったけれど、私の家のことを知ったら、きっと驚くわよ」

「なんでだよ」

「日々の食事にも困るような始末だもの」

　自嘲気味にリリアーヌが笑う。

「どうしてそんなことになったんだ」

「もう五年くらい、ずっと疫病《えきびょう》や飢饉《ききん》に悩まされてるの。お父様は領民のために、毎年、資産を売ったり借金をして食料をかき集めたわ。それで、なんとか冬を越してきたけれど、もう限界。売るものも借りるための担保もないの。それどころか、利息も返せない始末」

「借りた先が高利貸しだったのか」

「らしいわ。田舎の貴族は、きっと騙しやすいんでしょうね。って、ダメね。今は私の身の上話をしてる場合じゃなかったわ、ごめんなさい」

　笑顔を無理矢理作って、リリアーヌが頭を下げた。

　そして、顔を上げて真剣な瞳でマスハスを見つめる。不覚にも、一瞬吸い込まれそうになってしまう。

「お願いがあるの」

「お願い？」

「ええ、この子を助けて欲しいの。おウチに帰してあげたいのよ」

リリアーヌの言葉を聞いたリディが腰を浮かしかける。当然だろう、彼女からしてみればリリアーヌの願いは、男の子を確保したいというボードワンの依頼と相反するおそれがある。それを見たマスハスはチラリと目をやって、リディを制した。

今はまず事情を聞くべきだし、何が起きているかを把握すべきだ。

「事情を説明してもらおうか」

マスハスの言葉に、リリアーヌが頷いた。

「私、フィルベール王子の屋敷にいたの」

フィルベールという言葉が出た途端、金髪の男の子がビクッと身体を震わせる。

「……あの出来損ないの王子の？」

「出来損ないなの？　まぁ、碌《ろく》な人……ううん、最低の人だと思うけど」

「大正解だ。悪い噂しか聞かないヤツだ。気に入った女をさらって慰み者にするだの、最中に女を殺しただの、金周りも汚い噂を聞くな。しかも、この街でだ」

「そんな人って感じはしたわ」

「でも、なんだってあんなのの屋敷に居たんだ？　喰って下さいと言ってるようなもんだろ」

「ごめんなさい、事情は聞かないで。色々あって、王子の屋敷に滞在してたのよ。そうね、七日くらい前からかしら」

「そう言われると聞きたくなるぞ……」

「気持ちはわかるけど、我慢して。だって私に言う気がないから」

ぴしゃりと言われてしまった。

「それで二日前、お屋敷にこの子がやって来たのを見たの」

リリアーヌが自分の側から離れない金髪の男の子の頭を、優しく撫でる。

「頭までフードを被った、それはもう怪しい男達に囲まれてお屋敷の中に入っていくのを、窓からちらっと見てしまったのよ。どう考えても怪しいでしょう？」

「まぁ、そうだな」

「私はお屋敷をある程度は自由に歩き回れたから、気になって見に行ったのよ」

「……見に行けたのかよ」

「特に、専属で給仕《きゅうじ》さんがいたわけじゃないもの。それに庭の散策は日課として認めてもらってたわ。だからお屋敷の中のことも、大体はもう把握してたのよ」

クスリとリリアーヌが笑う。

「故郷では私、毎日のように狩りをしたり馬を走らせたりしてたのよ？　狭い部屋の中で、本を読んだり刺繍をしたりだけじゃ退屈じゃない。お屋敷の探険とか庭で剣の稽古くらいしないと、死んでしまうわ」

「確かに、そこそこの太刀筋ではあったな」

「でね、お屋敷の奥に連れて行かれるのを見たのよ。しかも、フィルベール王子も一緒だったわ」

また男の子が身体を強《こわ》ばらせた。よほど、あの王子のことが恐いのだろう。

「その奥は私も立ち入り禁止の区画だったの。だから――」

†　†　†

リリアーヌの脳裏に、鮮明に思い浮かぶ。庭の木をよじ登り、窓から中をのぞいた時のことをだ。

小さい頃から男の子達と混ざって、木登りをしてよく遊んでいた。その頃のスキルは錆び付いておらず、しかもよく手入れされた木だったこともあり、リリアーヌは楽々登ることができた。

そして窓から中をのぞき、あまりのショックで落ちかけてしまった。

見えた部屋の中では、青い顔をした男の子がハァハァと荒い息を吐きながら、興奮した様子のフィルベールによって、徐々に壁際へと追い詰められているところだった。

そしてついに追い詰められた男の子を見ると、ケタケタと笑いながら、細い首に手を掛けたのだ。

泣きじゃくり暴れる男の子の首を笑いながら容赦なく絞め上げる。

側に居る給仕や衛兵達も、あまりの光景に顔を背《そむ》けていた。リリアーヌも見ていられなかった。

もういっそ助けるために飛び込もう、そう思った時だ。

フィルベールが舌打ちをしながら、首から手を放した。男の子はへたり込み、ただただ放心していた。

その腹をフィルベールが蹴り上げると、心が戻ったのだろう、男の子が泣きながら逃げ、丸まってガタガタと震えた。

その時、フィルベールが確かに言ったのだ。

「必ず殺す」

と。

「明後日は、私の誕生日だ。その時に、貴様は必ず殺す。おお、そうだ。主菜に貴様の肉を出すのも、面白いやも知れんな。フフッ、フハハハハハハハハハハ」

大声でそう叫び、けたたましく笑いながら、フィルベールは大勢の給仕や衛兵を連れて、部屋を出て行った。

残されたのは、男の子の他に給仕一人と衛兵一人だけだ。

だからリリアーヌは、機を見て枝から壁に飛び移り、窓から侵入したのだ。背後から衛兵の首筋を打って気絶させると、腰を抜かした給仕を尻目に、リリアーヌは男の子に手を差し伸べた。

「ここに居たら殺されちゃうわ。だから、逃げるわよ」

リリアーヌの言葉が、男の子は最初理解出来なかったようだ。

だからリリアーヌは、その額にそっとキスをした。私を信じて、と。

強ばった身体から少し力が抜け、男の子は立ち上がった。その小さな身体をぎゅっと抱いてリリアーヌは給仕に振り返った。

「ごめんなさいね。迷惑掛けちゃうけど、子供が殺されるの見てられないの」

そう言い置いて、リリアーヌは子供と共に窓から逃げ出したのだ。

抱きしめた男の子の震えた小さな、温かい身体。あの体温をはっきりと覚えている。あの体温が、リリアーヌにこの子を絶対に守ると決意させた気がする。

† † †

「おい、なにボケっとしてんだよ」

マスハスの声で、リリアーヌは今に呼び戻された。

「……ごめんなさい。ちょっと助けた時のこと思い出しちゃって」

謝ってから、リリアーヌは経緯を説明した。なるべく、男の子に思い出させないように、怖がらせないように、慎重に言葉を選びながらだ。

「で、ごめんなさいって言って、この子と一緒に窓から逃げ出したのよ。お庭の探険でよじ登れるところは知ってたから、そこから逃げ出したってわけ」

「まるで野生の獣だな」

「まかせて、よく野生児って言われるわ」

エヘンとリリアーヌが、ほどほどに豊かな胸を張った。

この場においては偉くはあるが、貴族の令嬢としてはどうかと思わないでもないマスハスだ。

もっとも自分も人のことは全く言えないわけだが。

「ただ私、王都に来るの初めてだったから、地理感覚が全くないのよ」

「それで逃げ出したのかよ、思いつき過ぎるだろ！」

「身体が勝手に動いてしまったのだから、仕方ないでしょ」

プイッとリリアーヌが顎を横に上げる。が、すぐに俯いた。

「うん、反省はしてるわ。そもそも私、あのお屋敷にいないといけない身だったのだから。でも、仕方ないでしょう？　目の前で、子供が殺されるのを見過ごすなんて、私にはできないわ」

「……まぁ、気持ちはわかるけどよ」

「逃げてる最中に気がついたのだけど、この子を親御さんの元に帰してから戻って、土下座とか最悪、この身体を差し出せば許してもらえるかなって、そう思うことにしたのよ。ほら、私って中々の美少女でしょう？」

臆面《おくめん》もなく断言しやがった。

「ただね、私の完璧な計画も想定外のことがあったのよ」

「いやお前、計画してないよな。突発的に動いたんだよな？」

「お前って失礼ね。リリーって呼ぶんでしょ？」

マスハスの突っ込みを完全に無視してリリアーヌが、全く違う方向の返しを入れてくる。

「……わかった、突っ込むだけ無駄ってことか。はいはい、続きをどうぞ」

「ええ、ありがとう。そうそう、それでね、想定外だったのがこの子、喋れなくなっているの。たぶん元々ではないわ。よっぽど恐い目に遭ったんだと思う。言葉が出なくなってしまってるみたいなのよ」

リリアーヌの説明を聞いて、マスハスは改めて男の子を見た。

言われて見れば、一言も喋っていない。ただ、口をパクパクとさせて何か言いたそうにしている仕草は、何度か見たような気もする。

「この子は悪くないわ。そんな恐い目に遭わせた大人が悪いの。でもね、喋れないとどこのお家かわからないでしょう？　名前もわからないの。だったら道案内を頼もうとも思ったのだけど、この子も場所がわからないみたいなのよ」

「だろうな。服装からすると、こいつもたぶん貴族の子だ。それも、俺やお前……リリーと違って、相当に裕福のな」

男の子が着ている服は、装飾も素材も一級品だ。所々に、本物の金や銀の刺繍やアクセサリーもある。

しかも着古していない。

仕立てられたばかりに近いものだ。

貴族とはいえ、マスハス程度の家ならば同じ衣服を何度も着るのは当たり前だ。儀礼用なら別だが、基本的に日常遣いの衣服をそう何着も持っているものではない。

「となると、間違いなく家は城門の内側だな」

「そうなの？」

「当たり前だ。王宮がある城内と、その外じゃ扱いが全く違うんだよ。内側に屋敷を持つなんてのは、ウチらみたいな木っ端貴族には縁のない話だよ。精々《せいぜい》、部屋を借りる程度だな」

言葉通り、マスハスも部屋を借りてマチルダと二人で住んでいる。ローダント家の財政では、内側に屋敷を購入することなんて夢のまた夢だ。

「そうなのね。私ったら全くわからないから、気が付いたらこの辺りに迷い込んでいたのよ。追ってくる気配もあったし、必死だったわ」

「追っ手もだけどな、いいか、この周辺で夜に、女と子供だけで出歩くなんてのは自殺行為なんだ。よく覚えておけ」

「なんで？」

「なんで……あのなぁ、ここはヤリーロの艶髪街《アマシュ》だぞ」

「初めて聞いたわ」

「あのなっ……ああ、いや、そりゃそうか」

マスハスは視線を泳がせてから、鼻頭を掻いた。

「初めて王都に来たんだったな。しかも女だ、噂も聞いたことなくて当然か」

「噂？」

「ここは歓楽街って言えば、ま、聞こえはいいけどよ。この王都でもっとも裏社会と一体化してる街なんだよ。昼間だって、目抜き通りからちょっと外れてみろ、男だって仕事にあぶれて酒呑んでる連中に絡まれたり、客が取れなくなった女が寄ってきたり、こそ泥に目を付けられたりってな、危ないったらありゃしねぇ。ましてよそ者、しかも若い女がノコノコ入ってみろ」

「ど、どうなるの？」

「その日のうちに、身ぐるみ剥がされて、持ってるもんは下着まで売られて、本人はどっかに監禁されて売り物になるように躾《しつ》けられるだろうよ」

「う、売り物って、それってもしかし……」

リリアーヌが、少し青ざめた顔でゴクリと唾を呑んだ。

「さすがにリリーも知ってるか。商売女、もしくはどっかの金持ちの慰み者だ。もちろんその場で使い捨てられるのもいるが、まぁリリーの容姿だ。十中八九、どっかに売られてるだろうな」

「私の容姿を褒めてくれたのでしょうけど、今はあまり嬉しくないわね」

「だろうな。もちろん自分から生きるために身体を売るのもいる、ここはそういう街だし、そうせざるを得ない連中は、やっぱりいる。ただまぁ、中には無理矢理ってのもいるってことだ。だから相当運がいいってことだ」

「そうみたいね。想像しただけで今更、ちょっと鳥肌が立ってきたわ……」

「で、どうやってこの店にたどり着いたんだ？」

「目抜き通りを走ってたら、誰かに追われ始めたから路地裏に逃げ込んだのよ。嫌な雰囲気だったし恐かったから、隠れていたのだけど、何しろこの服装でしょ？　それにお腹も空いてたし、困っていたら、ここの大将さんと偶然会ったの」

顎に人差し指をあてがい、思い出しながら喋る。

「偶然？」

「ええ、そうよ。だってここを目指していたわけじゃないもの。私達が逃げ込んだ路地裏が、たまたまこのお店の裏側だったのよ。で、大将さんが裏口から出てきたところにばったり会ったってわけ」

「なるほど、そりゃ偶然だ。それに最上級に幸運な偶然だぞ」

「そうかしら？」

「ああ、そうとも。ここのオヤジは、人が良い上に義理堅いからな。ん、待てよ？」

マスハスが、ふと腕を組んだ。じっと聞くだけだったリディが、マスハスの様子に声を上げる。

「マスハス、どうしたんだよ？」

「いや、今のを聞いてるだけだと、コイツらがやってくる理由がわからねぇ」

マスハスが、縛られて床に転がっている男を顎で指した。猿ぐつわも噛まされているが、まだ気絶しているようだ。

というか、目を覚ますたびにマスハスが気絶させているのだから当然だが。

「この宿に来てからリリー、何かしたか？」

「何かって言われても、う～ん」

リリアーヌが目を閉じて考え込む。目を閉じると、まつげの長さがよくわかる。目を開けていると、クルクルとよく動き、好奇心の光を隠しおおせない瞳のせいか、お転婆《てんば》な印象が強く出るが、閉じていると清楚で可憐な美少女だというのがよくわかる。

本人の話を信じるなら、外で活発に遊んでいたようだが、肌が透き通るように白い。

黙っていれば美人というのが、まさにピッタリだ。

マスハスはそんなことを思って、ついつい苦笑してしまった。

と、リリアーヌが目を開ける。

思わず自分の内心がバレたのかと緊張したが、そうではないらしい。

「思い出したわ。大将さんに言われて、私達の簡単な生活用具を揃えてくれた給仕さんがいたのよ。確か、シシリーさんだったかしら」

「ああ、アイツか。ここじゃ年長の方だが、信用できる女だ」

「ええ、こちらの事情も聞かず、とても親切にしてくれたわ」

「ああ、そうか。シシリーも母一人子一人の生活だからな、リリーとその子を見て、同情したんだろうよ」

「そんな事情があったのね。私、あの人の優しさがとても嬉しくて、お礼をしたのよ」

「お礼？」

「ええ。お礼にブローチを一つ渡したの、本当はお金が良かったのでしょうけど、逃げ出したものだから、手持ちはなかったしね。いらないって何度も言ってくれたけど、頭を下げて受け取ってもらったわ」

「……マスハス」

「ああ、それだな」

リディとマスハスが頷く。

「どういうこと？」

「シシリーはお前達がここに居るなんて、絶対に言わないさ。ただ、事情は何にも知らないんだ。貰ったブローチは、きっとどこかで売って換金しただろうさ。何しろアイツは、シングルマザーでただでさえ金に困ってんだ。仕方ない」

「それは、ええ、仕方ないわ。責めるなんて欠片も思わないけど」

「わかるか。お前のその服装から推測出来るがな、ブローチもちゃんとした上物だったんだろうよ」

マスハスの言葉に頷いて、リディが続けた。

「だろうね。で、この街にそんな上物が出回ることなんて、そうそう無い」

喋りながらリディが立ち上がる。

「失敗だったね、マスハス。ここで呑気《のんき》に事情を聞いてる場合じゃなかった」

「仕方ないだろ。いきなり移動するって言ったたって、こいつらが信用して従ってくれたとは思えないだろ。下手に抵抗された方がやっかいだ」

マスハスも立ち上がり、剣を取った。

「どうしたの、二人とも？」

リリアーヌがキョトンと立ち上がった二人を見上げる。

「リディ、あの色白野郎の下で密偵やってんだろ？　偵察くらいできるか？」

マスハスの問いを、リディがフンッと鼻で笑う。

「誰に向かって言ってんだよ。ならず者ども相手だろ、余裕だね」

「ならず者……かねぇ、この殺気」

窓枠の側まで行き、そっと外を見る。

外から感じる殺気は、そこらの喧嘩の比ではない。殺し慣れた者たちだけが持つ、肌に纏《まと》わり付くような不快な殺気だ。

その証拠に殺気は感じるが、殺気を放つ人影が見当たらない。

「上手く隠れてやがるな」

夜も更けてきていて、店の灯りが減ってきているのがまた、彼らが隠れる場所を提供しているのだろう。

それでもリディは余裕綽々だ。

「なるほどね。マスハスの言う通りだ、ちょっと本気を出さなきゃダメか」

「ホントに頼めるんだな？　悪いが俺は、隠れて様子見るなんて細かいことは苦手なんだ」

「半日でよーくわかってる、がさつだってことくらいね」

生意気な口を叩くと、リディは足音一つ立てずに壊れた扉から外へ走り出ていく。

「ねぇ、あのリディって子、足音なかったわ」

「器用なもんだな」

素直に驚くリリアーヌに、マスハスは外から目を離さずに答える。

「マスハス卿――」

「マスハスでいい」

「ならマスハス、何が起こってるの？」

あっさり卿を外して、リリアーヌが聞いてくる。

「囲まれてるんだよ。リリー、いやこの子を追ってる連中にな」

「やっぱりそうなのね。あの王子に狙われてるって、この子はいったい何者なのかしら」

「リディが知ってるはずだ。もっとも教えてくれないだろうがね」

「どうして？　マスハスの仲間じゃないの？」

「仲間？　ハッ、そんなお優しい間柄じゃねぇよ。言ってみれば、アイツは俺の鎖だ。逃げ出さないように付けられたたな」

「鎖……。ふうん、色々と大変そうなのね」

他人事のようにリリアーヌが感想を口にする。

「あのな、呑気に言ってるけど、お前だって巻き込まれてるんだぞ。しかも、俺と違って自分から首を突っ込んで！」

「あら、この子を助けたことを指して、そう言うわけ？」

「当然だ。放っておけばこんな危ない目に遭うことなかっただろ」

「それが事実なのは認めるけれど、私は後悔なんてしてないわよ。だって、子供の命を助けることは当たり前のことだもの」

きっぱりと言い切るリリアーヌの言葉には、固い意志が籠もっている。心の底から、そう思っている。

マスハスは少し気圧《けお》されて、拗ねるように答えることしか出来なかった。

「そりゃまぁ、その通りなんだけどよ……。その通り出来るヤツばっかりじゃないだろ、世の中はさ」

「たとえそうでも、私が出来ない人にならう必要はないでしょ」

「……そりゃそうだけど、そうやった結果、周りに迷惑が掛かる時だってあるんだぞ」

「もちろんよ。だからまず子供を助ける。そして次に、その結果として生まれた問題を全力で解決する。それでいいじゃない。後から起きる問題に引きずられて、子供の命を捨てるべきじゃないわ」

「…………その歳で、もう子持ちか。やってんな」

「そんなわけないでしょ！　立派な乙女よ！　まだ十九歳よ！」

マスハスの指摘に、リリアーヌがプゥッと頬を膨らませた。その子供じみた反応に笑いながら、マスハスはなんともいえない気持ちになっていた。

目の前の自分より年下の少女に、一瞬なぜか乳母のマチルダを重ねてしまった。それが自分でもわからず、さらに無性に恥ずかしくて、ついつい憎まれ口を叩いてしまったのだ。

口うるさい乳母だが、彼女のことを思い出すと温かい気持ちになる。怒っていても、最後には必ず味方になってくれる。そんな安心感と信頼を置く女性だ。

目の前のギャーギャー煩《うるさ》い少女とは、似ても似つかない。

なのに、なぜかリリアーヌと話して安心を感じてしまっていた。

「とにかく、子供は大人が守ってあげなきゃ。私だって、そうやって育ったでしょう？」

「わかったよ。リリー、お前が正しい。その通りだ」

「わかってくれて嬉しいわ、マスハス。ふふっ、でも口でとやかく言ってるけど、マスハスだって必ず私と同じように行動するって、思うんだけどね」

リリアーヌの言葉に、なぜか頬が赤くなってしまう。

それを隠すようにますます外へと顔を向けて、マスハスは小さく小さく「勝手に決めんじゃねぇ」と呟いた。

「ん、なに？　なにか言った？」

「なんでもねぇよ」

仏頂面《ぶっちょうづら》で口を開いたと同時に、マスハスはリディの気配を感じて振り返った。音もなく、リディが部屋に入ってくる。

その顔は、出て行った時とは真逆の切迫したものだ。

「どうした？」

「まずいマスハス、連中は金色の侯爵党だ」

「──っ」

マスハスの眉がピクリと動く。

「侯爵？　なんで侯爵閣下がこんな所に？」

リディの言葉を馬鹿正直にリリアーヌが受け取った。

「バカ、本物の侯爵がいるわけねぇだろ」

「あらマスハス、貴方は伯爵のご子息なんでしょう？　伯爵がいるなら侯爵だっていてもおかしくないでしょ？」

「そ、そりゃそうだけど、混ぜっ返すな！」

「ごめんなさい」

シュンとリリアーヌが頭を下げる。

金色の侯爵党、それは十年ほど前、現国王が即位した数年後にヤリーロの艶髪街に誕生した組織だ。

この街の組織の多くが街の出身者を頭目としているが、金色の侯爵党の頭目はガスパールという、王都の外からやってきた男だった。

元々あった組織の一つを暴力とカリスマ性で乗っ取り、さらに他の組織も制圧していくことで数年という短期間でヤリーロの艶髪街最大の組織に成長していった。

まだ残る組織も事実上従属しており、この街の裏側の支配者となっていた。

そのやり口は粗っぽく残忍で、人身売買、誘拐、非合法な取り引き、あらゆる悪事に手を染めているとも言われるが、同時に狡猾でもあり、表沙汰になった犯罪で、金色の侯爵党の名を聞くことはほぼなかった。

ただみかじめ料を支払っている者への手出しはせず、人さらいなども定期的に行っているが、頻繁ではなかった。さらわれる者も縁者のいない者、またはさらった後に家族皆殺しと、禍根がない方法で行っており、貧民達は嘆息と共に諦めている状況だった。

それが、マスハスの知る金色の侯爵党という存在だった。

「いいか、金色の侯爵党ってのは、ガスパールって野郎が率いる、このヤリーロの艶髪街最大の組織なんだよ。それもとびきり危険で厄介な、な」

「ガスパール？」

リリアーヌが、不思議そうにその名を口にする。

「どうした？」

「う～ん、知り合いにも同じ名前の人がいるんだけど、まさかね」

「お前の知り合いってことは、貴族か何かか？」

「ええ、そうよ。そうね、初恋相手？」

「ケッ、呑気なもんだな。とにかく人違いだろ。俺も貧乏貴族でこの街に入り浸ってるが、さすがにこの街で徒党を組んで裏社会の組織を作ろうなんて考えもしねぇし、できもしないさ」

「そうよね、うん、そうだわ」

うんうんとリリアーヌが頷く。

「で、リディ。何人くらいで、この店を囲ってるんだ？」

「今は三十人くらいだ。でも、集まってくる気配がある」

「確か連中の構成員は三百人くらいか。その上で臨時に雇う可能性もある、か」

「どうだろう。今回の場合、あまり外に情報を漏らしたくないはずだから、身内だけでやると思う」

リディが、マスハス達の知らない情報を基に推測を語る。

どうしてそう言えるのか、理由を聞きたいところだが、どうせ答えない。ならそれは時間の無駄だ。

「お前が抜け出してボードワンに救援を求めることは？」

「無理だね。いや、ボクは抜け出せるけど、あの方も今は騎士団を動かせない。私兵も多くないしね。てか、大規模な私兵なんて持ったらどうなるかわかるだろ？」

確かに宮廷の官吏、それも国王の信頼厚いボードワンが軍勢を持つ事を、テナルディエやガヌロンといった領地を持つ大貴族達が許すわけがない。

「他にも事情はあるけど、諦めな」

「わかった。ガスパールの姿はあったか？」

「ボクは顔を知らない、マスハスは？」

「俺もさすがにな。知ってることも噂程度だ」

「どんな？」

「相当に腕が立つ」

「……なるほどね。でも、見た感じ、居ないような気もする」

マスハスはリディに答えず、懐からサイコロを二つ取り出した。一つをリディに向かって放り投げる。

「な、なんだよ、いきなり」

「振れ」

「え……い、いいけどさ」

訳がわからない様子で、リディが床にサイコロを放った。

マスハスもまた、同時にサイコロを転がす。

「綺麗なサイコロね」

呑気なリリアーヌだ。

「どういうつもりだよ」

「出目《でめ》は俺の勝ちだな」

「は？」

「て、わけで強引に突破するぞ」

「さ、三十人だぞ、本気か!?」

「お前の出目が勝ってたら、時間を掛けて他の策を考えるつもりだったんだよ。だが、俺の出目が勝った。ならここは、幸運の女神様を信じて行くしかねぇだろ。ま、それに、放っておいても連中は増える。だが俺達には増えるアテがない。籠城ってのは、援軍があって初めて取る計だ」

言い放って、マスハスは我知らず舌なめずりをしていた。

ヒリヒリと危ない予感が肌を刺す。

それがたまらなくこの男を興奮させる。下手をすれば、サラとの情事よりもいきり立ちそうだ。

「リリー、木登りが得意だってのを信じるぞ」

「もちろんよ」

　ドンッと自分のやや豊かな胸をリリアーヌが叩く。

「まず、俺がその子を抱いて窓から飛び降りる。リリーはその後に続いて降りてこい。無理に飛ぶ必要はないからな。俺がなんとか下で場所は確保してやる」

「うーーーん、うん、この程度の高さなら私も飛べるわ。平気よ」

「本当かよ？」

「ええ、本当よ。何度か木から落ちた経験もあるけど、一度も骨を折ってないもの」

「……本当に木登りが上手いかどうか、疑わしいな、おい。まぁいいか、降りたら、俺の指さす方向の路地がわかるな？」

　マスハスは、窓の外から見えないように、そっと指さした。目抜き通りの向かいに、細い路地が一つある。

「あの路地ね、あそこに向かって駆ければいいのね」

「それだけじゃない。降りたら、この子の手をお前が引け。俺は一番後ろから、追ってくる連中を蹴散らして進む」

「……任せて」

　真剣な面持ちでリリアーヌは頷いた。

「リディ、お前はわかってるだろうが、二人の側にいてくれ」

「もちろん。何しろボクは、マスハスがやられてもこの子さえ確保できればいいんだからな」

「つれないこと言うねぇ」

「ま、無事を祈っておくけどね」

「なんだ心配してくれるのかよ？」

「ええ、少しね」

「ありがとな」

マスハスが真っ直ぐ見ながら素直に感謝すると、一瞬リリアーヌが驚いた。それから、少し照れた様子で、

「少し、だけだからね」

顔を背けてしまった。

その様子に苦笑してから、マスハスはリディに目的地の場所を教えた。

「一気にこの街から逃げないのか？」

「無理だろうな。俺がガスパールなら、逃げられないように網を張る。何しろ三百人だぞ」

「……わかった。今はマスハスに従う」

「よし、良い子だ」

「子供扱いすんな！」

プリプリ怒るリディの髪をワシャワシャと撫でて、マスハスは窓を大きく開け放った。

「行くぞ！」

小さく宣言し、返事を待つことなくマスハスは夜空へと飛び込んだ。

† † †

驚きと混乱の声が飛び交っている。

その中に、さらにリリアーヌが飛び降りてくる。めくれるスカートを押さえようともせずに、度胸よく堂々とだ。

トンッと軽い音と共に、舞い降りた。そして急いで脱いでいた靴を履く。

「やるじゃねぇか」

「落ち慣れてるって言ったでしょ？」

「自慢か、それ？」

マスハスが抱えた男の子をリリアーヌに渡すと、その背を押すように叩く。彼女も頷いて、地面を蹴って走り出す。

いつの間にか降りていたリディが、ピタリと後ろに付いている。

「さすがに色白野郎が飼ってる密偵だ」

一度、口笛を吹いてからマスハスは、わざと一拍置いて走り出した。

周囲からは混乱した気配が収まりつつある。その証拠にパラパラと深くフードを被った男達が、短めの剣を片手に集まりだしている。

「邪魔だ」

右斜め前から駆け寄ってくる男を、マスハスは走り出すと同時に下から斬り上げ、剣の重さの慣性を、そのまま助走に利用する。倒れ込むようにして走り、その後ろから来た男の首を横に薙ぐ。

首こそ落ちないが、悲鳴も出せずに血が噴水のように上がり、男はその場にへたり込んだ。

視界の端にチラリと映った、最初に斬った男は腹を割かれ、漏れた腸を抱えていた。

その様子を気にとめる気も余裕もなく、左側からリリアーヌ達を追おうとする男が現れる。

袈裟《けさ》懸《が》けは、足が止まる。

背後から首を斬る。今度は切断して、頭が落ちた。倒れ込む死骸を飛び越えて着地と同時に、回し蹴りで次の男を吹き飛ばす。

そのまま回転してさらに一人、驚いて振り向いた男の首をまた落とした。

さすがに男達が立ち止まり、振り返る。

ただ三名ほどが、そのままリリアーヌ達を追おうと走り続けている。が、いきなり先頭の男が転がった。

続いて、二人目、三人目と転がる。

一人目は額に、二人目は膝に、三人目は喉に、短剣が突き刺さっている。

前を見れば、リリアーヌ達が路地裏に走り込んでいるなかで、リディだけが振り返っていた。

自慢げにニヤリと笑ってだ。

「あの野郎、良い腕してやがる」

素直に感服して、マスハスは混乱する男達の中に飛び込んだ。

この場にいた残り六人が絶命するまでに掛かった呼吸は、四回ほど。呼吸を整える必要もない。

マスハスは返り血を拭い走りだそうとして、慌てて振り返った。

殺気なんてものではなかった。

一瞬、自分の首がもう落ちたと錯覚したほどだ。

目の前に、剣を抜く寸前の男が一人、立っている。

「ほう、俺が抜くより先に殺気に気が付いたか。俺もまだまだ修行が甘いな。殺す前に殺気を気取られるとはね」

抜き身の剣のような男だ。

背が高く引き締まった体躯《たいく》、鋭い眼光、そして全身を覆う邪気。闇に堕ち、闇に生きることを受け入れた人間だけが持っている、それだ。

「誰だてめぇ」

「それは俺の台詞なんだが、ま、答えてやろう。ガスパール＝ダーナル、お前が容赦なく殺してくれた駒達の頭目だよ」

恨みを全く感じさせず、部下の死を言葉に乗せる。

「お前が金色の侯爵党の頭目ってわけか」

「そうとも。で、お前は誰だ？」

「マスハスだ」

「ほう、お前がマスハスか。確か、マスハス＝ローダントだったな。伯爵様の跡取り様とこんな所でお会い出来るとは、光栄の至り」

仰々しく、ガスパールが腕を胸に当てて頭を下げる。

そんな人を小馬鹿にした仕草をしつつも、打ち込む隙がない。

「……俺こそ、この街の支配者に名前を覚えてもらって恐悦至極《きょうえつしごく》だよ」

「支配者といっても、夜の支配者だがね」

「なぜ俺の名前を知ってやがる」

「なに、何度か部下が世話になってるからな。金だけはある愚かな女衒《ぜげん》に女を納品する時、いい駒になりそうな子供を調達する時、正義の味方面して乗り込んでくるのは大抵サイコロ片手のマスハスって男だ。全く困ったもんだ、この街は俺の家畜小屋なんだがね」

「家畜小屋だとっ」

「そうだ。この王都のゴミため、王都の屑どもが毎夜毎夜、クソみたいな金をばら撒き、そのクソで育った豚の場所だ。街ってよりは家畜小屋の方が似合ってるだろ？」

マスハスは、後先考えずにいきなり斬りかかった。

下から弾かれ、体勢が崩れた瞬間、袈裟懸けに斬られた。

いや、自分でも意識せずに身体が勝手に後ろへと捻り仰け反る。

斬られたのは、布一枚。

「はっ、今のを本能で躱すか。動物みたいな男だな、おい」

仰け反った勢いでたたらを踏んで数歩後ろへと退き、マスハスは剣を構え直した。

フゥと大きく息を吐き、大きく吸い込んで感情を落ち着かせる。

「安い挑発で死ぬとこだったぜ」

「挑発？　まさか。俺は本気でここを家畜小屋と思ってるだけだ」

一歩、ガスパールが踏み込んできた。その間合いを嫌って、マスハスもまた一歩退く。

「ああ、そうかい。アンタがクソ野郎だってわかって、今後はキレないで済みそうだよ、ありがとな」

「お前に言えた口か？　貴族なんてものは、領民の血を吸い取って生きてるクソだろ。俺がこの家畜小屋で豚を使って儲けてるのと、何が違う」

今度はガスパールが、右に回り込もうとする。マスハスは、右足を少し退かせて、ガスパールとの正対を保つ。

「ご高説痛み入るね。確かにアンタが言うようなクソみたいな貴族もいるよ、ああ、認めてやろう。でもな、領民のために働く家だってある。中には子供の命のためならまず動く、そんな貴族もいるんだよ」

「やだねぇ、そういうのを自己陶酔って言うんだよ。教えてやるよ、そういう愚かな連中の末路ってのよ」

「教えて貰う必要もねぇな。俺もそう思うし、自覚もしてんだよ！」

視線がぶつかる。それまでの相手を探る目とは違う。リリアーヌを馬鹿にされたことへの怒りが、そうさせたのだろう。

ガスパールもまた、マスハスの変化を受け入れる。

視線と視線が、二人の間で押し合い、火花を散らす。

熟していくのが、マスハスにはわかった。ガスパールにもわかっていることも、わかる。

いつしか、呼吸までもが重なっていく。

満ちる。

同時に腰が落ち、

「なら、お前は救えないってことだな！」

「テメェなんかに救って欲しくもないんでね！」

互いに飛び込む。

上段から斬り降ろしたマスハスの剣の腹に、ガスパールが器用に自分の剣を合わせて、導くようにいなした。

その瞬間、マスハスの剣の切っ先が地面を虚しく斬る。

よろめきながらも、なんとか踏みとどまる。

目の前に、勝利を確信したガスパールの顔があった。下から斬撃が放たれる。

身を捻りながらギリギリ躱したが、脇腹が熱い。

「すばしっこさは一流だな！」

ガスパールが再び飛び込んできた。マスハスも、また地面を蹴る。

キンッ。

高い金属音が響き渡った。

次いで、カツンと何かが落ちた音がする。

ガスパールの剣が折れていた。

マスハスは、もう走り出している。腹部を押さえながらだ。

「あの野郎、普通剣が折れたらそのまま斬られるだろ！」

走りながら憎々しげにマスハスは吐き捨てた。

互いに斬り合った時、マスハスの宝剣はガスパールの剣を斬った。そのまま折れた剣の持ち主の肉体を斬り裂くと思った刹那、ガスパールは剣から逃れるように横に飛んだ。前へ跳んでいるのに、瞬きよりも素早く器用な足さばきでだ。

しかもマスハスとすれ違いざまに、脇腹に蹴りを放ってだ。激痛に、マスハスは二撃目を放つ余裕はなくなっていた。

走るので精一杯だ。

ズキズキと痛むが、立ち止まって確認する余裕はない。

背後で、ガスパールの部下達が集まってくる気配がしている。

そしてガスパールの、早く追えと指示する声もだ。

「いいか、女は殺すなよ。俺の前に無傷で連れてこい！」

指示の中の一つの声が、マスハスの耳に残る。

が、すぐに大方売り払うつもりなんだろう。そんな思いと共に、記憶の表層から消えていった。

第四章　脱出の代償

朝、太陽が顔を見せはじめていた。

マスハスがいるのは、まだヤリーロの艶髪街《アマシュ》の一角だ。

酔竜の瞳亭からそう遠くない、路地の一角にある集合住宅、その二階にある小さな部屋だった。

部屋は二つだけで、玄関と厨房と食堂を兼ねる部屋と奥の寝室だ。もちろん厠は集合住宅の共同使用だ。

持ち主は愛人ともいえるサラ。

何度か一夜を共にしたこともあり、マスハスにとっては慣れた部屋でもあった。

ただし持ち主は現在、留守中だ。もちろん部屋には鍵が掛かっていたが、マスハスは鍵を借りていた。

サラには申し訳ないが、この街に入り浸っているマスハスといえども、他に隠れ家は思いつかなかったのだ。

部屋の隅で壁に寄りかかり仮眠を取っていたマスハスは、ゆっくりと目を開けて身体を伸ばした。

「つぅ……」

　昨夜、ガスパールに斬られた脇腹が痛む。

　上着を脱いで確認すると、自分で手当をした包帯に血が滲《にじ》んでいた。

「深い傷じゃないが、さすがに昨日の今日でまだ塞がってないか」

　包帯を剥がすとかさぶたも共に剥がれ、微かな痛みが走り、思わず顔が歪んでしまう。

　リリアーヌが寝室から出てきたのは、まさにその時だった。

「ちょっと、どうしたのよ？」

　驚いたリリアーヌが駆け寄ってきて、目の前に屈んだ。

「怪我してるじゃないの」

「昨日、ちょっとな」

「ちょっとじゃないわよ。傷口が開いてるじゃないの」

　じっと傷口を見つめる。

　たまに傷や血を見るのを怖がる女性もいるが、リリアーヌは特に気にならないようだ。

「確か、麦酒《ビエル》の瓶あったわよね。あと、その包帯もどこから出したの？」

　立ち上がったリリアーヌが、マスハスに聞く。

「そこの棚だ」

「わかったわ。麦酒と新しい包帯を取ってくるから」

マスハスの返事も聞かずに立ち上がり、テキパキと準備を始める。

「ビネガーがあれば良かったのだけど、麦酒で洗うわよ。染みるけど我慢してね」

麦酒で傷口を洗うと、木製の小さな容器を取り出す。

「なんだそれ？」

「これ？　いつも持ち歩いてるのよ」

クルクルと蓋を回して開けた。中には蜜蝋《みつろう》のようなものが入っている。

「いやだから中身は？」

「軟膏よ。私が森で採ってきた薬草を煎じて煮詰めたの。傷によく効くんだから」

人差し指ですくい取り、マスハスの傷口にそっと塗った。それから、置いてあったタマネギの皮を剥き、一皮を麦酒で洗ってから傷口に押し当てた。その上から、器用に包帯を巻いていく。

「やけに手慣れてるな」

「昨夜言ったでしょう。私、何度も木から落ちてるから、怪我を治すのは慣れてるのよ」

悪戯っぽくリリアーヌが笑う。その笑顔を見ていると、なんだか胸が高鳴ってしまう。気恥ずかしくなって、マスハスは顔を背《そむ》けてから礼を口にした。

「まぁ、なんだ。ありがとよ」

「……ちょっと顔が赤いわよ？　熱でもあるのかしら。傷口、膿んでなかったと思うけれど」

さらにリリアーヌが密着してきて、マスハスの額に手を当てようとする。

「い、いや、熱なんてないから」

「そうかしら、うーーーん」

マスハスの言葉も無視して、リリアーヌが額に手を当てた。

「……熱はないみたいね」

「だ、だからないって言っただろ」

「何よ、心配してあげたのよ？」

プゥとリリアーヌが頬を膨らませる。

「いや、感謝はしてるって」

「そう？　ならいいわ」

あっさりと機嫌を直してくれて、ほっとする。

「……」

そんな自分に、マスハスは少し戸惑《とまど》った。

「どうしたの？」

「あーいや、なんでもない。それより、あの子は寝てるのか？」

誤魔化して、話題を変える。

「ええ、もう私がいなくてもスヤスヤ、可愛い寝顔で寝てるわ」

リリアーヌが振り返って寝室へ繋がる扉を見た。

金色の髪をした男の子は昨夜の騒動もあってか、一晩中泣き、ぐずっていたのだ。そんな子の側に、リリアーヌがずっと付き添いあやしていた。

「どうしたの？」

いつの間にかこちらを向いていたリリアーヌが、じっとマスハスを見つめた。あまりの顔の近さに驚き、ついでまた顔が赤くなってしまう。

「な、なんだよっ」

「だって、笑ってたから」

「笑ってた？　俺が？」

「ええ、なんか優しい笑顔だったわよ。そんな顔もできるんだなって、思ったわ」

「変な顔して悪かったな」

「ふふっ、違うわよ。むしろ私、好きよ」

「す、好きって」

ドクンと心臓が跳ねた。

「夕べから私が見てるマスハスは野性味溢れるっていうか、ま、乱暴な顔してて、それもまぁ嫌いじゃないのよ？　でも、優しく笑える男の人は素敵だと思うわ」

「……よ、よくまぁ、そんなこと面と向かって臆面《おくめん》も無く言えるな」

「そうかしら、素直な感想よ？」

「変な女だな……」

「ふふっ、変わってるって言われ慣れてるもの」

なぜか自慢げにリリアーヌが笑う。そしてしっかりと、しつこく最初の話題に戻してくる。

「で、なんで笑ってたの？」

「どうでもいいじゃないか。なんで拘るんだよ」

「だって知りたいじゃない。マスハスが、あんな優しい顔する理由。私、とっても興味があるわ。それとも私に興味を持たれて迷惑？」

「迷惑……じゃないけどよ」

「なら教えて」

満面の笑みで迫ってくる。脅迫みたいな笑顔だ……。

ポリポリと頬を掻きながら、マスハスは天井へ視線を走らせて、昨夜の出来事と自分の感情を思い出した。

† † †

夕べ、サラの家へと逃げた後、よほど恐かったのだろう。あの男の子は、泣きじゃくって寝る素振りすらなかった。

　そんな男の子をリリアーヌが、優しく抱きしめ髪を撫でた。額にキスをして、涙を拭いながら『平気、私がいるじゃない。必ず守るわ。良い子だから、私の顔を見て』とあやしていた。

　男の子が顔を上げて目にしたのは、慈しみが広がった優しい微笑みだ。まるで、本当の母親のような微笑みに、マスハスも気が付けば見入っていた。

　その後、少し静かになった男の子と共に寝具に入り、膝を突いて顔を優しく見つめながら、リリアーヌは子守歌を歌い続けた。

　マスハスは、その様子を男の子が寝息を立てるまで見続けていた。

　その姿を見て、マスハスはまたリリアーヌとマチルダを重ねた。いや、正確には違うのかも知れない。

　リリアーヌに、家族の温もりを感じていた。

　こんな女性と過ごすことが出来たのなら、それはきっと温かい日々になるのだろうなと。

　それはきっと好ましい、安らぎのある生活だろう。

　喧嘩すら、楽しい気がした。

　リリアーヌを見ていて、マスハスはそんなことを考えていた。

　そして今は、男の子にとってリリアーヌがそうなんだろうとも思った。この子も彼女にマスハスと同じことを感じたのだろう。だから、リリアーヌには心を開いたのだ。

少し、心が疼《うず》いた。

それがなんだかわからなかったが、マスハスは今はリリアーヌを男の子に預けようと、そう思って、寝室を出たのだ。

† † †

フッと、マスハスは笑った。

「わぁったよ。昨夜、あの子をあやしていたリリーの姿を思い出してたんだよ」

「え――」

なぜかリリアーヌが絶句して固まった。

そして、カーーーーッと耳まで顔が赤くなっていく。

「や、やだ」

両手で両頰を押さえて、視線がグルグルと彷徨《さまよ》う。

「私？　え、私の、こと……思い出して、え、あんな優しい笑顔？　ちょ、嘘、あの、えっと……………は、恥ずかしい」

最後は俯《うつむ》き、蚊の鳴くような声で呟いた。

その反応はズルい。

マスハスまで気恥ずかしくなり、顔が赤くなってしまう。

お互い、しばらく何も言葉が出てこない。

沈黙が続き、沈黙がまた、なぜか照れる。

心臓が高鳴る。

こんな経験は、初めてだった。

どうしていいか、わからない。

どうしよう。

と、リリアーヌが小さな小さな声で、沈黙を破った。こういう時、女性の方が強いのかもしれない。

「ど、どう思った、の？」

「……どうって？」

「だから、私があの子をあやしてる姿を見て、マスハスは……どう思ったのかなって」

「ああ、母親みたいだなって」

「…………私、そんな老けて見えたのっ！」

しおらしかった姿から一転、ガバッと顔を上げて、マスハスを睨《にら》みつける。完全に予想外の反応だった。

「は？」

「ひどいっ、私まだ結婚なんてしてないわよっ。子供なんていないし、その、お、お付き合いしたこともないし、恋愛経験もないわ！」

「いや、そう意味じゃなくてだ」

「じゃぁどういう意味なの」

「あーっと、だから、母性を感じた的な？」

「母性？」

「ああ、そうだよ」

「ふうん」

納得してくれたようで、怒った顔が鎮まる。

が、なぜかニヤリと笑う。

「マスハス、私に甘えたくなったのね」

「はぁぁぁぁぁ？」

「だって母性を感じたってことはそうでしょ？　ふふ、いいのよ甘えても。なんなら膝枕してあげましょうか？」

リリアーヌが横座りして、ポンポンと太股を叩く。

「バカ言えっ、そんな恥ずかしいことできるかよ！」

「あら、あの子は寝てるし、リディちゃんは偵察に出てるから誰も見てないわよ」

「そういう問題じゃねぇっ」

声を荒らげたマスハスを見たリリアーヌが、含み笑う。

「ふふっ、ふふふふふふ、マスハスったら膝枕、本気にしたんだ、可愛いのね」

「か、可愛いだとっ。ああ、いいだろう、じゃぁ可愛い可愛いこの俺が、膝枕味わってやろうじゃないかっ」

自棄になって、マスハスが横になる。

「え、ちょ、えええええっ、本気なの!?」

「お前が言い出したんだろうが」

「そ、そうだけど、その心の準備が……ええと、きゃっ!?」

マスハスは、腕を組んでから意を決してリリアーヌの太股に頭を乗せた。

リリアーヌのスカートは太股上部で終わっている。つまり、素足だ。

素肌から伝わる温もりが、後頭部にジワジワと伝わってくる。

その温かさと共に今、凄く恥ずかしいことをしているという自覚も強くなってくる。

上を見ると、乳房越しにリリアーヌの顔が見えた。

どうしていいのかわからないのか、真っ赤な顔で天井のあらぬ方向をじっと見つめている。

両手は不自然な位置でただ固まっている。

「………………」

マスハスもまた、可愛いと笑われて自棄になって頭を太股に置いたはいいものの、じゃぁその後はどうするんだと言われると、何も考えてはいなかった。

だって自棄だし。

さっきの沈黙よりも、さらに気まずい沈黙が流れていく。

女の肌なんぞ、慣れきってるはずなのに、リリアーヌの素肌に触れているのが、どうしてこうまで恥ずかしいのか。

分析しようにも、頭の中が熱くて何も考えられない。まとまらない。

夕べ、一緒に過ごせたら好ましいとか思ったが、ある意味実際に現実のものとなると、好ましいというよりも、心臓が早鐘《はやがね》を打って痛い。

頭もカーーーーッと熱くなって、温もりどころではなかった。

過ごすというよりも、二人はただ固まったまま、時間だけが過ぎていった……。

† † †

どれほどの時が過ぎたのだろう。いや、案外ほとんど過ぎてない気もする。

事態は思いも寄らぬ形で打開された。

「あのさぁ、ボクが必死に走り回ってる間にイチャつくなよな」

呆れ果てたといった感じの声が響いた。

跳ねるようにマスハスは起き上がり、リリアーヌが両手を何度もブンブンと大きく振って、

「違うの、そうじゃないのっ」

と否定した。

「どうだかね」

そう言うリディの目は、全く信用していない目だ。

「コホン、とにかく探ってきた状況を教えてくれ」

わざとらしい咳払いをして、マスハスはリディに尋ねる。

リディは、はぁ～と深い溜息を吐いてから、顔を引き締めた。

「街から脱出するには力業しかないね。幾つかある街の出入り口で、他の組織が検問してる」

「他の組織だ？」

「ああ。ガスパールに命令されたみたいだ。それぞれの地区を請け負って、人っ子一人出さないようにしてんだよ。大金と同時に失敗した時の懲罰もほのめかされてね」

「で、本体の方は？」

「もちろん街中を、目を皿にしてボク達を捜し回ってる。ここが見つかるのも時間の問題だろうな」

「なるほどな」

「だから、今のうちに検問を突破して逃げるべきだけど……」

リディが、チラリとリリアーヌへ目を走らせる。

「全員だと厳しいか」

「正直、彼女は足手まといだね」

「あら、私だって一応戦えるわよ」

「リリーが中々の腕なのは知ってるけどな、実戦、それも集団戦はまた違うんだよ」

マスハスの指摘に、リリアーヌが露骨に不満げな顔をする。

「なにか考えないとな。俺達は、あの子供を捜しだしてボードワンの野郎に渡すのが目的だし、リリーだけどこかに隠すか？」

「それはイヤ」

リリアーヌが即答する。

「イヤ、だ？」

マスハスの反応に、リリアーヌがじっと見つめてくる。

「ちゃんと説明して、マスハス」

「何をだよ」

「全部よ。貴方の知っていることを教えてちょうだい」

その視線に、何故か逆らいがたいものを感じてしまう。

「……わぁったよ」

「マスハス！」

「落ち着けリディ。俺なら、お前と違って核心的なもんは知らない。コイツに教えても、そう問題はないはずだ。そうだろう？」

「そ、それはそうだけど……はぁ、女に弱すぎるぞ」

渋々とリディが、溜息と共に頷《うなず》く。

その仕草に苦笑を返して、マスハスはリリアーヌに事の始まりを、牢屋での話から始めた。

「――てわけで、あの子は大貴族の子供かなんかだ。間違いなく、宮廷の権力争いが絡んでる」

「わかったわ。確かにマスハスの言う通り、あの子は陰謀に巻き込まれたんでしょうね」

頷いて、リリアーヌが今度はリディへと顔を向けた。少し気圧《けお》されたリディが、硬い声を上げる。

「な、なんだよ」

「ボードワン卿にあの子を引き渡して、ちゃんとご両親の所へ帰していただけるのかしら」

「え？」

「ピエール＝ボードワン、田舎貴族の娘の私だって知ってるわ。王宮の切れ者、策士、テナルディエとガヌロンの二大貴族に一目置かれる知恵者」

知らなかったマスハスは、思わず頬を掻いてしまった。

「そんな人があの子を欲しがっている。あの子を駒として、自分の権力のために利用しようとしている。そう思ってもおかしくはないでしょう?」

「そ、それはそうだけど、あの方はそんな人じゃ――」

リディは、リリアーヌの瞳を前に言い淀む。

「たぶん、ないと思うけど……で、でも、ボクだって全て教えてもらってるわけじゃ、ないし……」

「ご両親の所へ帰していただけると、言い切れないのね?」

「仕方ないだろっ。ボクだって、ボクだって……こ、駒の一つなんだ。全部わかるわけないじゃないいか!」

歯ぎしりをしたリディが叫んだ。その叫びを聞いたリリアーヌが、ふっと優しい目をしてリディを見た。

「だったら私も付いていきます。リディに命令に逆らうようには言えない。貴方は、貴方の使命がある。それは尊重します。でも」

ゆっくりと立ち上がったリリアーヌが、自分の剣を手に取り寝室への扉の前に立った。

「私にも私の願いと義務があります」

「義務って……」

「あの子をお屋敷から連れ出したのは私です。だったら、あの子を守る責任が私にはあります。

だからボードワン卿があの子をご両親に帰すと確約してくれるまで、絶対に渡せません。私も一緒にボードワン卿に会って、直談判します」

頑として譲らない、そんな意志がひしひしと伝わってくる。

「……一つ、いいか。アイツはリリーにとって、見ず知らずの子なんだろ？　なんでそこまで拘る」

マスハスの指摘に、リリアーヌがぎゅっと目を閉じた。

† † †

故郷の父親の顔が、まず浮かんだ。そして家族、親しい人々、よくしてくれた領民……。

あの人達を救うために、今自分はこの王都にいる。いるはずだった。

それでも、救ってしまった。屋敷にいなければ救えないのに、救うために逃げ出してしまった。

仕方ない。

仕方なかった。

あの子もまた自分と同じように、親から、家から、引き剥がされたのだ。自分より遥かに年下だというのに！

そしてなにより、自分だからわかる。

あの子と同じく、自分もまた、あのフィルベールという、恐ろしい男の所有物だ。それがどれだけ恐くて、身が震えるほどに気持ち悪くて、心細くて、寂しくて、絶望を感じる境遇なのか、自分だけがわかってあげられる。

仕方ないじゃない。

そんな子を放ってはおけない。

しかも、穢《けが》されるだけの自分と違って、あの子は殺されてしまう！

助けるしか、道がなかった。

ごめんなさい、みんな。

この子を助けてあげられたら、何をしてでも私はあの汚らわしい男に乞い願う。その結果、自分がどんな目にあってでも、みんなも救う。

自分でも我儘《わまま》で、愚かだと思う。

でも、それがリリアーヌ＝ヴォジエという自分だった。

男の子を抱きしめた時、温もりから決意したことを、今一度リリアーヌは決意した。

そして、ゆっくりと目を開ける。

† † †

「助けたいからよ。自分がもし、どうにかなっても助けたいの。そう思ってしまったから」

「そう思ってしまったって……あのなぁ」

「無茶言うなよ。ボクとマスハスなら確かに検問を突破できるかもしれない。でも、その間、アンタとあの子はどうすんだよ。ここに居たら、絶対に見つかるじゃないか」

「リディ、お前一人なら抜け出せるんじゃないか？」

「ボクの存在は、昨夜もう向こうにバレてる。現に、さっきの偵察だって何回か見つかって、なんとか撒いてきたんだ。連中にも同業者がいるんだよ……」

悔しげにリディが答える。

「脱出するなら力業しかねぇのか……」

「なら、方法をみんなで考えましょう」

リリアーヌが平然と言う。

「か、考えたって無駄だ！　ああもうっ、なんでそんなに我が儘なんだよ！」

「我が儘？　ええ、そうよ。あの子のためには我が儘だってなんだってするわ。だって私は、あの子を守るために連れ出したのだから」

「――――っ！」

絶句したリディが、口惜しげに俯いた。肩を少し震わせながら、声を絞り出す。

「姉ちゃん……」

マスハスは怪訝《けげん》な顔でリディを見下ろした。リディの呟きは、リリアーヌに対してのものではないように思えたのだ。顔には子供らしくない強い後悔があふれている。

「どうかしたのか?」

聞くと、リディはハッとして我に返り、顔を上げた。マスハスを睨みつける。

「アンタはどうなんだよ。どっちの味方なんだ」

「どっちの味方でもねぇな」

「マスハスっ!」

「あのなリディ、俺は仕方なくボードワンの色白野郎の依頼を受けただけで、最初から味方のつもりなんて、これっぽちもないぞ。わかってんだろうが」

「それは、そうだろうけど」

リディは困ったような顔でリリアーヌを見た。理由はわからないが、リディはリリアーヌに強く出られないらしい。いや強く出たくないようだ。

リリアーヌもそんなリディの様子を不思議に思いながらも、曲げるつもりはないようだ。

「マスハス、貴方はどうなの?」

リリアーヌがマスハスを見ると、リディも同じくマスハスを見る。

「俺に決めろって言うのかよ」

　マスハスは唸った。リリアーヌとリディは同時に頷いた。

　リディにしてみれば、自分だけでリリアーヌから子供を奪いとることはできない。リリアーヌも、自分たちが追い詰められていることは分かっている。その上で、二人とも譲るつもりはないのだ。

「分かった。じゃあ、リリー」

　マスハスは真面目くさった顔でリリアーヌを見た。

「とりあえず脱げ」

「いきなり何てこと言うのよっ！　状況が分かってるのか、この色ボケっ！」

　同時に怒鳴られてマスハスはタジタジとなったが、それでもどうにか反論した。

「ま、待て。これにはちゃんと理由があるんだっ。いいか、リリー。お前は顔だけじゃなく、その服でも敵に覚えられてるんだ。力ずくで突破するにしても、ここでサラの服を借りて変装した方がいい」

「……ここに留まる場合は？」

　リリアーヌが疑わしげに聞いた。

「お前の服を遠くに捨てて、遠くに逃げたと奴らに思わせる。リディもそれぐらいならできるだろ?」

「まあね」

リディは答えたが、やはりこちらも疑わしげだ。

「それで、どっちの味方をするんだ?　まだそれを聞いてないぞ」

「で、そこでこいつの出番だ」

リリアーヌとリディの間に座って、マスハスはサイコロを二つ、懐から取り出した。

「サイコロなんて出して、なにする気だよ」

リディが怪訝な顔で聞いてくる。マスハスはリリーに言った。

「リリー、俺も心情的にはお前と同じだ。宮廷の権力争いに子供が巻き込まれるのなんて見たくはない」

マスハスの言葉に、リリアーヌが強く頷く。

「だがな、俺にも事情があんのよ。あの子をボードワンへ渡すって約束もしちまってる。理由もなく、アイツに子供を両親の元に帰さないなら渡さない。とは言えないんだな、これが」

「……なら、渡すことはできないわ」

「最後まで聞けって。逆に言えばだ、理由があれば説得してみなくもない。そこでだ、俺と勝負しろ」

「勝負?」

「もちろん賭け事だよ。なに、リリーはどうせ賭けなんてしたことないだろ？」

「ええ、一回もないわ」

「だから複雑なルールがあるゲームはやらねぇよ。単純に運勝負でどうだ」

マスハスは、一つサイコロを転がす。

「俺が最初に振る。その出目《でめ》より、強い目を出せばリリーの勝ちだ」

「勝てば、マスハスは私に味方してくれるのね」

「ああ、そうだ」

「いいわ、受けましょう」

「ま、待てよ！　賭けなんて、そんなことやってる暇ないだろっ！」

慌ててリディが割って入る。

マスハスは、リリアーヌに背を向けてリディの頭を掴んで抱き寄せた。リリアーヌに聞こえないように耳打ちする。

「ここは俺に任せろって」

「何言ってんだ、のんびり賭けをやるのも論外だけど、勝てるのかよ」

「イカサマサイコロがあるからな」

「うわ……最低だ」

呆れたリディだが、納得したらしい。リリアーヌに顔を向けた。

「リリアーヌ、アンタが負けたら、ボクたちはあの子をボードワン様のところに連れていく。それでいいんだな？」

リディの態度は不思議なことに、リリアーヌに賭けをしてほしくないかのようだ。

リリアーヌが押し黙り、頭を数回横に振った。

そして、キッとリディを睨む。

「いいわよ、勝てばいいんでしょう！」

リディは歯ぎしりをした。マスハスも嘆息した。

女の我が儘は可愛いもんだとマスハスは思うが、それでもリリアーヌのこの我が儘だけはどうしても聞き入れられない。ここに留まるのはあまりに分が悪いからだ。

自分で言っておいて何だが、リリアーヌの服を遠くに捨ててきても、たいして時間を稼ぐことはできないだろう。リディの考えが正しい。

リディも同じように思ってるらしいが、マスハスだってリリアーヌをここに置き去りにしたくないし、危険な目に遭わせたくない。

だから、このイカサマは正しい。

彼女のためにも。そのはずだ。

リリアーヌはグルッとマスハスの正面に向きを変える。

「さ、勝負よ。マスハス、サイコロを頂戴」

「わかったよ」

マスハスは手に持っているサイコロから、よく見れば小さな傷がある方を手渡した。

そしてサイコロの目の強さを、確認を兼ねて説明する。

「へぇ、そうなんだ。同じ目だったらやり直しね」

と、リリアーヌが納得した。

どうやらサイコロの目も知らなかったらしい。

この二つのサイコロはイカサマサイコロだ。

リリアーヌに渡した方は弱い目しか出ない、マスハスが持っている方は強い目が出るように中に重しを入れた細工がしてある。

初歩的なオモチャのようなイカサマサイコロだが、サイコロの目の意味も知らないほどに賭けなんてものから縁遠く育ったリリアーヌには、この程度で充分だろう。

マスハスは持っているサイコロを見つめた。

これを振れば、確実に勝つ。

つまり、確実にリリアーヌから子供を引きはがせる。

……………なんだか自分が、とてつもなく卑怯なことをしている気がしてきた。

いや、間違いなく卑怯なことをしているわけだが。

リリアーヌに卑怯なことをすると思うと、胸の奥がなんか非常にモヤモヤしてくるのだ。

どうして、こうなった。

頭を掻きむしりながら、マスハスはひとしきり唸った。

そんなマスハスの様子をリリアーヌとリディが、怪訝そうに見つめている。

「あれだ……俺が振って、リリーが振って出目を比べる。これだけじゃ、ゲームとして面白くねぇ」

自分に言い聞かせるように言う。

「マスハス、なに言い出すんだ？」

「黙って聞け、リディ」

「何が言いたいのかしら？」

リリアーヌへ手を伸ばして、マスハスは指を三本立てた。

「三回勝負だ」

「三回？」

「そうだ。俺が親で、お前が子だ。つまりだ、俺が出した目を見て勝てそうなら、あの子を両親に帰すってカードを切れ。勝てないと思ったらカードを温存していい」

「どうしてそんなことを？」

「素人へのハンデだ。ただ、代わりに負けたら脱げ。どうせ脱ぐんだからここで脱いでもいいだろ。一回負けたら上着、二回負けたらインナー。全部負けたら全裸だ。もちろん二回負けた段階で、勝負から下りてもいい」

こんな条件をつければ怯んで勝負を下りてくれるかもしれない。だが甘い期待だった。

「…………カードを切ってない時に私が勝ったら？」

「あの子を両親に帰す協力はしない」

「マスハスが出した目が弱い時に、あの子を両親に帰すってカードを切ればいいのね」

「ま、俺が一番弱い目を出しちまったら、そこで勝負ありってことだな」

「わかった、納得したわ。そのルールで行きましょ、絶対に勝ってみせるんだから」

勝ち気な言葉をリリアーヌが口にする。

「じゃ、振るぞ」

「ええ、どうぞ」

リリアーヌが真剣な目で、サイコロを見つめている。

コロコロとサイコロが床を転がっていく。

出た目は、最強だ。

リリアーヌの顔があからさまに歪む。

「ま、リリーが同じ目を出せばやり直しだ。もちろん一回カードを切ったら、やり直しでも引っ込めないからな」

「なら……カードは切らないわ」

当然の判断だろう。

リリアーヌがサイコロを転がす。そしてこちらも当然だが、このサイコロで強い目が出るわけがなく、リリアーヌが負ける。

「仕方ないわね」

リリアーヌが脱ぐために立ち上がる。

マスハスは、その間に傷が付いていない方のサイコロをしっかりと確保する。

見上げると、思いのほか堂々とリリアーヌが上着を脱いでいく。

「………あ、そうか」

何かを思い出したように、リリアーヌが呟いた。

「どうしたんだ、やっぱり降りるか？」

「いいえ、脱ぐわ。でも、この服、インナーと一つになってたのよね。忘れてたわ」

それはすなわち、脱ぐともう下着しかないってことだ。

「いやだったら……」

「いいえ、忘れていたのは、私のミスだもの。約束は約束よ、構わないわ」

マスハスの動揺を気にもとめないで、リリアーヌが服を脱ぎはじめる。

まずロンググローブを腕から抜いた。白く細い腕が露わになる。

それから背中に手を回して、ホックを外していく。全て外し終わると、手を首元へと持っていく。

流れるように、まるで自分の部屋での着替えのように脱いでいく。

が、その白く細い指先が微かに震えているのを、マスハスは見てしまった。

リリアーヌは震える指でチョーカーにあるブローチとボタンを外そうとして、数回失敗してしまう。

思わず声を掛けようとしたマスハスだが、そのキュッと結んだ口元を見て、なにも言えなくなってしまった。

ボタンが外れると、支えを失った布がハラリと垂れて胸元の谷間が露わになり、リリアーヌが慌てて左腕で隠す。

束の間、リリアーヌが固まる。

目をぎゅっと閉じて大きく息を吸って吐き、そこからは一気に服を脱ぎ放った。

キュッと引き締まった腰回り、お尻は案外大きく、左腕で押さえつけられた乳房は横に膨らみ零れている。

あまり肉が付いていないお腹の中心のおヘソは控えめな大きさだ。

そして何より、本人は気が付いていないようだが腕から少し、薄ピンク色の乳輪がはみ出ていた。

もちろん肝心な箇所は白い下着をはいていて見えない。

見えないが、朝日を浴びてうっすら毛の気配が見て取れる。

下着をはいているとはいえ、裸を晒した恥ずかしさでリリアーヌの顔は真っ赤を通り越して、茹で上がったようになってしまっている。

もの凄く申し訳ないのだが、それでもマスハスはリリアーヌの裸体から目を離すことが出来なかった。

いやマスハスだけではなく、リディもまた食い入るように見てしまっている。

それほどにリリアーヌの裸体は美しかった。

「じ、じっと……見ないでよ。恥ずかしいんだから。脱ぐとは約束したけど、見つめていいとは言ってないわよ」

小さく、リリアーヌが抗議の声を上げる。

「わ、悪い」

改めてもの凄く罪悪感を覚えてしまう……。

「お、おい、もう降りても――」

「いいえ、まだやるわ。さぁマスハス、サイコロを振って！」

再びマスハスの正面に座って、リリアーヌが催促をしてくる。

真正面に、腕で隠された乳房が来る。

どうしても目が釘付けになってしまう。

「……マスハスのスケベ」

「いや、その……し、仕方ないだろっ。俺だって男の子だ！」

「ま、貴方がスケベなのは最初から知ってるけれどね」

言われてみれば昨夜、初めて会ったときのマスハスも裸だった。しかも臨戦態勢のものをおっ立てていた。

そう考えると、互いに裸を見せ合うのだから対等とも……言えなくもないような気がしないでもない。

などと苦しい言い訳を頭の中でしつつ、マスハスは乳房を見ながらサイコロを握った。

「いいか、振るぞ」

「ええ」

サイコロの目は、二番目に強い目だ。

「…………」

リリアーヌが悩む。

ゆっくりと呼吸しながら、必死に悩んでいる。

「出さない。カード、今回も出さないわ。三回目に賭けるわ」

「わかった」

三回目に賭けるもなにも、最初から勝負は決まっている。

腕で隠された乳房と乳首を思い出すと、生で見たい気もかなりするが、要するに騙しているのだ。そう思うと、やっぱりここで勝負から下りて欲しいとも思う。乳房は見たいが。

そしてリリアーヌが出した目は、当然ながら負けだ。

「負け、ちゃった……はぁぁぁぁ、仕方ないわね」

リリアーヌが長い溜息を吐いて、ゆっくりと立ち上がる。

「お、おい、本気かよ」

「ええ、本気よ。だってここで降りてしまったら、あの子をご両親に帰せないかもしれないでしょ?」

実の我が子でもないのに、至極当然とリリアーヌが口にした。

立ち上がり、左腕で乳房を隠したまま、右手で下着の端を掴んだ。マスハスの視線が恥ずかしいのか顔を背けたが、意を決したように、勝負から逃げないとの決意か、正面へむき直した。

マスハスといえば、完全に気圧されて心ここに有らずだ。呆然とただバカみたいに、目の前のリリアーヌの行動を見ている。

少し屈み、右足をそっと上げた。

下着が降りていく。

鼠径部《そけいぶ》が見え始めてマスハスは、やっと意識を取り戻した。慌てて声を上げる。

「ちょ、ちょっと待てってて っ」

「なによ。貴方達が脱げって言ったのに、なぜ止めるのよ」

羞恥《しゅうち》で顔を真っ赤にしながらも、リリアーヌが気丈な顔でマスハスを睨む。

「いや、そ、それはそうだけど」

困ってしまって、マスハスは後ろを振り返った。頼みの綱のリディは、自分が恥ずかしくなってしまったらしく両手で顔を覆っていた……。

頼りにならないことこの上ない。

ただ指と指の間を微かに開けて、ちゃんと見ているけれど。

「とにかくだっ。その、ちょっと待てって」

「なにをどう待てって言うわけ？　負けたのだから脱ぐしかないじゃない。脱がないと、次の勝負できないのでしょう？　それは困るの」

「その通りだけどよ、その、ええと……あ、あの……あーーーっ、なんていうのかな、そのだから」

「なに言ってるわけ。意味がわからないのだけど」

リリアーヌの言葉通りだ。マスハス自身、何を言っているのかわからない。全く意味の無い言葉の羅列だ。

スゥハァと深呼吸して、マスハスは大混乱の脳内をなんとか落ち着かせた。

いや、まだ脳みその八割方は混乱している気もするが。

とにかく、なんとか言の葉を掴んだ。

「さすがに俺も、あれだ、目の前に全裸の女性がいたら、しょ、勝負に集中できねぇんだよ」

「なによ、それ。それとも貴方の方から勝負を下りるわけ？」

それでも構わない。

そう言いかけて、マスハスは踏みとどまった。

「そうじゃなくてだ、あれだ、脱いでもいいけどせめて勝負が終わってからにしてくれ、な、頼む」

「ふうん……わかったわ。私だって露出癖があるわけではないし、別にマスハスに裸を見せたいわけでもないしね」

……なぜだろう、ちょっとショック。

「じゃ、最後の勝負よ。もちろん、私はカードを切るけど」

脱ぎかけの下着をちゃんとはき直して、リリアーヌが座ると、置いてあった二つのサイコロの一つを握った。

そう置いてあった二つのサイコロだ。

残ったサイコロは、小さな傷が付いている。

「あっ」

思わずマスハスは小さな声を上げてしまった。

「どうしたの？」

「い、いや、な、なんでも……ない」

内心は汗まみれだ。

このサイコロは二つともイカサマサイコロだ。

重しが仕込まれていて、必ず強い目が出るサイコロと、必ず弱い目が出る小さな傷が付いたサイコロだ。

リリアーヌが裸になると言い出して、混乱し気圧されていて、マスハスはサイコロを回収するのを、完全に失念していた。

後ろからリディが、

「どうすんだよ」

と囁《ささや》いてくる。

どうするもこうするも、まさかサイコロを交換してくれなんて言えるわけがない。当然、なぜと聞いてくるだろう。

イカサマだからと白状できるわけがない。

イカサマ以外、サイコロを交換する理由もない。

そっちのサイコロが好きだからなんて理由で、納得するわけないだろう。

重しに逆らった面が出る可能性も、絶対にないわけではない。床にゴミがあったり、溝があったりすれば、その可能性も高まる。

ただマスハスの見るところ、サラが几帳面《きちようめん》によく掃除しているおかげか、床にゴミや溝は見当たらない。

「ねぇ、どうしたのよ。早く振ってよ」

怪訝そうな顔のリリアーヌだ。

まぁ、訝しんでも当然だろう。

連勝中のマスハスの方が脂汗をかき、追い込まれた顔をしているのだ。というか、現実に追い込まれている。

が、振らないわけにもいかない。

マスハスは幸運の神様に祈りながら、サイコロを振った。

勢いよくサイコロが転がる。

出た目は、最弱だった。

「やったわ！」

リリアーヌが当然、喜びの声を上げる。

そもそもだ、イカサマなんてやっている段階で、幸運の神様が味方してくれるわけがなかった……。

「私の番ね。最弱が出なければ勝ちよね、お願い！」

お願いもなにも、リリアーヌが結果のわかりきったサイコロを振る。

だってイカサマサイコロだし！

コロコロと転がるサイコロは、しかも最強の目を出した。

リリアーヌの顔に、歓喜が広がる。

やはり幸運の神様は、正直者の味方らしい。

リディに、背中を蹴られた。

痛い。蹴られたことより、イカサマまでして失敗して負けている自分の惨めさが、とても痛い。

「やったわっ。やったーーーーっ、勝ったわっ。ねぇマスハス、私の勝ちでいいのよねっ。あの子をご両親に帰すために協力してくれるのよね！」

「……あ、ああ、お前の勝ちだ」

力なくマスハスは項垂《うなだ》れる。

真逆にリリアーヌは大喜びで、諸手《もろて》を挙げてジャンプした。

露わになった乳房が、ブルンと上下に揺れる。

その大きな揺れで、乳房から腕を離してしまったのを自覚して、

「キャァァァァアッ!?」

リリアーヌが悲鳴を上げた。

もっとも生乳房が見たかったマスハスは、項垂れていたので決定的瞬間を見逃したのだが。

「み、見てないわよね？」

「え、何を？」

こんな調子だ。

「よかったぁ……」

ホッとリリアーヌが胸をなで下ろした。

† † †

「おい聞いたか、ウルス。今、絹を裂くような女性の悲鳴が聞こえたぞ」

ユーグの言葉に、ウルスははっきりと頷いた。

「ええ、私にも聞こえました。まさかとは思いますけど、マスハスさんが」

「さすがに女性を無理矢理ってのはないとは思うが……。とにかくサラさん、中に入りましょう」

ウルスに促《うなが》されてサラが、自分の部屋の取っ手を握った。

「マスハスに限って、ないとは思うなぁ。でも、遊び相手の女の部屋で浮気だったら、なかなか凄いなぁ」

扉が開く。

三人の目に飛び込んできたのは、全裸の女性とマスハスの姿だ。

誰がどう見ても、無理矢理脱がせて眺めているようにしか見えない。いや、三人が知っているマスハスは、眺めているだけで終わらせるような男ではなかった。

一言、好色だ。

「マスハス、何をしているんだ？」

ユーグがチラリとリリアーヌを見てから言い、

「マスハスさん、この女性に何をしたのか説明してもらいましょうか」

ウルスが詰問の言葉を口にする。

そして、ひょいと二人の後ろからサラが顔を出した。

「へぇ、マスハスってば手が早いのね」

ニヤニヤと笑う。

「ちげぇよ。てか、なにって特になにも……いやまぁ、色々あったってーか、そのまぁ、なぁ？」

困ってリリアーヌへと振り返ったが、姿がない。

視線を彷徨わせると、食卓の陰に衣服を握りしめてリリアーヌが隠れている。

「なにしてんだ？」

「なにしてんだ？　じゃないわよっ。誰、あの方達はっ。てか、待って、私って今、裸なんですけどっ。初対面の男性に裸を見せちゃったんですけどっ！」

「……まぁ、気にすんな。俺とも初対面みたいなもんだろ」

「気にするわよ！！！！！」

鼓膜がキーンとなるほどの大声で、リリアーヌが叫んだ。

「静かにしろって！　追われてるの忘れてんのかよっ」

リディに窘められて、リリアーヌが自分の口を慌てて手で塞いだ。それから小さな声で言う。

「……とにかく外に、外に出てっ」

「ダメに決まってるだろ、追われてるんだから……」

「うぅ、だったらせめて後ろを向いててよ。急いで服を着るから」

まぁ、当然といえば当然の要求だった。

男三人はリリアーヌに背を向けて、壁を見た。

外から、雨音が聞こえる。

「……降り出してるな」

ポツポツと雨粒が落ちる音だ。

空にも雨にも嵐の予感が漂っていた。

「……こんな時に、悪いな来てもらって」

マスハスが頭を下げると、ユーグが苦笑と共に愚痴《ぐち》る。

「普通、もう少し詳しい事情を教えてくれるもんだぞ。マチルダさんに呼ばれて、お前の家に顔を出したら、初対面のケバい給仕《きゅうじ》からマスハスが助けを求めてるってだけだぞ、それで駆けつける俺達も、相当お人好しだ」

「全くです。しかも場所がヤリーロの艶髪街ですよ？　何度か、マスハスさんに無理矢理連れてこられたことがありますけど、普通は近寄らない場所です」

ウルスも隣で追随して愚痴る。

「よく言うぜ。正体なくすくらい酔っ払って、女も抱いたくせに」

「貴方が無理矢理呑ませたんでしょうっ。それにあの時、私は酔い潰れて寝てしまって、抱いてません。女性に一晩、介抱されていただけです」

「そんな言い訳、信じるヤツはいいねぇよ」

「……帰ります！」

「悪かった、悪かったたって、信じる信じる。ウルスはまだ童貞って信じるからさ」

「マスハスさんっ」

ウルスが肩を怒らせてマスハスに詰め寄る。どうやら、マスハスの余計な一言付きの謝罪は、火に油を注いでしまったらしい。

「落ち着け、ウルス。コイツが助けを求めるなんて珍事、よっぽどのことだ。お前がそう言ったんじゃないか」

ユーグが、ポンッとウルスの肩に手を置いた。

「説明してくれるんだろうな、マスハス。今の状況と、お前が牢屋から出た辺りも含めて」

「私からもお願いするわ。もう着替え終わったから、どうぞこちらを向いてください」

リリアーヌの言葉を受けて、三人が振り返る。リリアーヌはサラの服ではなく、いままで着ていた服を身につけていた。

「どうしてその服を着たんだ？」

「覚えられてるなら、私が囮になって、あの子を貴方に任せることもできると思ったの」

サラの部屋には、人数分の椅子はないので男達は床に座った。

「初めまして。私はリリアーヌ＝ヴォジエ。スナンを領するヴォジエ子爵家の娘です」

優雅に、略式だがしっかりと礼儀作法を守ってリリアーヌが頭を下げる。ユーグとウルスが、一瞬面食らった後、慌てて同じように頭を下げて名乗りを上げた。

「しかし驚いたな。マスハスと一緒にいる方が、こうもマトモだなんて」

「ユーグ、そりゃどういう意味だ」

「言葉のままだ」

「それなら、お前らだってマトモじゃなくなるぞ」

「俺達もリリアーヌさんと同じく例外枠さ」

さも当然といった風にユーグが言う。

「さて、そこの少女は誰なんですか？」

ウルスの言葉を受けたリディが、やや困惑した顔でマスハスを見た。その顔に平気だと頷いて、マスハスはリディを紹介した。

「こいつはリディ。ピエール＝ボードワンとこの密偵だ」

「ボードワン卿の⁉」

さすがにウルスが驚く。

「どうやら、その辺りを詳しく聞くのが早いみたいだな。マスハス、俺達は昨日、お前を釈放してくれとボードワン卿に掛け合ったんだ」

ユーグの言葉に、今度はマスハスが驚いた。

「そりゃ初耳だ。持つべき者は友人だな」

「そのボードワン卿の部下とお前がつるんでいる。どういうことだ？」

「つまりだ……」

ユーグとウルスにこれまでの経緯を説明しようとすると、リリアーヌが声を上げた。

「待ってマスハス。先に、私からお願いをしたいの」

「リリーから？」

「ええ。私達を手伝ってくれるのは嬉しいわ。でも、とても危険な相手なのでしょう？　マスハスだって手傷を負ったくらいなのだし」

「……悔しいが、強敵だな」

「だから、まずは私がお願いすべきだと思うの。ユーグ様、ウルス様、私は故あって男の子を一人、助けました。名前も知らない、見ず知らずの子です。でも、助けてしまったの。この子を守りたいって思ったの」

リリアーヌがゆっくりと両手を挙げた。手の平を上にする。

「まだ覚えています。殺されそうになって怯えきったあの子を抱きしめた時の、温もりを。絶対に守る。そう思ったんです。理由は、よくわかりません。言葉に、できない。でも、あの温もりを感じて、絶対に守るって決めたんです。ごめんなさい、変ですよね。理由になってない、変なお願いですよね。でも私……」

リリアーヌの懇願に近い言葉を聞いたウルスが立ち上がり、片膝を突いた。

「勇敢な、そして慈しみに溢れた方なのですね、貴方は」

隣に同じように片膝を突いたユーグが、感動したのか少し涙ぐんでリリアーヌを見上げた。

「……俺、俺は今の貴方の言葉だけで、もう充分です。守るとも、ああ、守ってみせるとも」

「そうですね。貴方の思いがこもった言葉だけで、もう充分です。マスハスさんの説明がなくとも、私達が貴方と子を守りましょう」

「二人とも……ありがとう、ありがとうございます」

リリアーヌが勢いよく床に座って、頭を下げた。

その様子を見ながら、マスハスはイマイチいい気分がしない。のけ者にされたからだろうか。

「俺の話はいらないってなぁ。まぁ、なんだ。俺はボードワンに人捜しを頼まれて、その相手が奥で寝てる子供だったたってことなんだけどよ……」

ボソボソと喋るが、三人が聞いているかどうかはわからない。

と、ウルスが立ち上がってマスハスを睨んだ。

「どうして、先ほどリリアーヌさんが裸だったのですか?」

もう思いっきりリリアーヌに肩入れしたようで、シャレにならない怒気が視線と言葉に含まれている。

「いや、その仕方なく賭け事の真似《まね》をだ……」

しどろもどろに言い訳をして——マスハスは観念して深々と頭を下げた。

「反省してます」

と素直に謝った。

その姿を見たユーグが苦笑する。

「まったく、そんなだから家を追い出されて、嫁を見つけてこいなんて命令されるんだぞ」

するとリリアーヌが興味深そうに尋ねた。

「あら、マスハスは家を追い出されて、お嫁さんを探しているんですか?」

「ええ、そうですよ。放蕩《ほうとう》が過ぎたと聞いていますけどね」

「ふふっ、放蕩が過ぎたってのは想像できちゃうかも。でも、全く反省はしてないみたいだけど」

クスクスと笑う。

「うるせぇ、独身時代は遊ばなきゃ損なんだよ」

唇を尖らせたマスハスを、リリアーヌがジーーーーッと見つめる。

「な、なんだよ」

「だって結婚したら遊ばないみたいに言うから、どの口が言ってるんだろうと思って」

「俺だって、その、まぁ、結婚をしたら、そりゃ身持ちも堅くなる……と、思うぞ」

「さぁどうかしらね」

「お、お前には関係ない話だろ！！」

「う～ん、どうかしら」

リリアーヌが人差し指を顎に当てて、ちょっと考え込む仕草をする。

「どうかしらって、なんだよ」

「ふふっ、知らないわ」

「……なんだよ、それ」

「さぁ？」

リリアーヌが肩をすくめて、笑った。

そんな二人のやりとりを、壁に寄りかかって見ていたサラが、小さく小さく呟いた。

「一晩で随分と仲良くなっちゃったなー」

「嫉妬しているのですか？」

一人、ウルスだけが耳聡くその呟きを聞きつけていた。

「嫉妬？　うーん、ちょっと違うかな。だってアタシ、知ってたし」

「何を知っているんですか？」

「あの人に本気になっちゃダメって。だって、マスハスはアタシのこと好きって言ってくれたけど、多分それは愛してるのとは違うんだろうなぁって」

サラの言葉を聞きながら、ウルスが少し顔を歪めた。マスハスも、無自覚なのだろうが酷なことをするとしか思えない。

「あら、ウルスさん。真面目で優しいのね。でも、そんな顔をしないで」

「サラさん……」

「男と女にはそういう出会いもあるの。だってアタシから、マスハスに恋人にはなれないけど、遊びならいいわよって言ったんだもの」

悪戯っぽくサラが笑う。天井を見ているが、サラが笑いかけたのがマスハスなのだと、男女の関係に疎《うと》い堅物のウルスにもわかった。

「なんて言うのかなぁ、女の勘っていうか、きっとマスハスは他の人に取られちゃう、ううん、アタシがマスハスが本当に好きになるだけの女じゃないって、なんかわかってたんだ」

「本当にいいのですか、それで？」

「もちろん。だってマスハスと遊んでたの、すっごい楽しくて幸せだったもん。夢のような時間を過ごせたわ。ウルスさん、羨ましいでしょう」

ようやくウルスを見て、サラがニカッと笑う。

「どうにも自分には、その……お、男と女というのは、経験が浅いというか、不勉強でして」

「ウルスさんもいつかわかると思うわ。だって、貴方もとってもいい男だもの」

「ありがとうございます。ですが、今の話を聞いて、貴方がとても素晴らしい女性だとわかりました。それにとても綺麗ですよ」

綺麗という言葉を口にした時、ウルスの顔がが少し赤らんだ。どうにも言い慣れない、いや、女性に面と向かって綺麗と言ったのは初めてかもしれない。

「あら、ありがと♡」

サラがウインクをウルスへ投げた。正直、どう対応していいかわからない。

「なにじゃれてるんだ、お前ら？」

マスハスに聞かれたサラが、ニヤニヤしながら笑う。

「教えてあーげない。男女の秘密の会話に口を突っ込むのは野暮《やぼ》ってものよ。ねぇ、ウルスさん」

「まぁ、そういうものなんだと……思います」

ちょっと顔を赤くしてウルスは頷いた。

「まぁいいけどよ。そうそう、サラ。あいつら連れてきてくれて、ありがとな」

「どういたしまして。マチルダさんには美味しいスープもご馳走になったし、ふかふかベッドで寝かせてくれたから、お礼は無しでいいからね」

「なんだよ、夜にでもお礼をたっぷりしてやろうと思ってたんだぞ？」

「う～ん、そーいうのはダメって感じかな」

「そ、そうか？」

予想外の答えに、マスハスは少し戸惑った。

が、気を取り直して、ユーグとウルスに声を掛ける。

「悪いが、こんな状況だからお前達の力を借りるぞ」

「もちろんだ。お前には金も貸してるし、迷惑もかなり掛けられてるからな、しっかり返済してもらわないといかん」

「何よりリリアーヌさんと子供を守ると、もう誓いましたからね」

ユーグとウルスが力強く頷いてくれる。

「ま、コイツのおかげで荒事は何度も経験しているからな」

「何度も？　しょっちゅうですよ……」

ウルスの指摘に、マスハスは軽く口笛を吹きながら横を向いた。

それからフッと二人に笑い、リリアーヌに振り返る。

「リリー、あの子を起こしてきてくれ。忙しくて悪いが、少しは寝られただろ」

「わかったわ。もうちょっと寝かしてあげたいけど、確かに今は我慢してもらうしかないものね」

リリアーヌが奥の部屋に行って、しばらくして子供を連れてくる。

シパシパとまばたきしていて、眠そうだ。

と、ウルスが小首を傾げた。

「どうした？」

ユーグが声を掛ける。

「ああ、いえ……どこかで見たことあるような気がしたんですけど、思い出せなくて」

「思い出せないなら、今はどうしようもないな。妙なことに気を取られて不覚を取らないようにしろよ」

「そうですね。時間がある時に、また思い出す努力をしてみます」

ウルスが答える。

「問題はサラだな」

マスハスの言葉を、サラが明るく否定する。

「アタシ？　アタシならへーきへーき。マスハス達とつるんでるところ、見られてないもん」

「そうは言っても、万が一ってこともあるだろ。そうだな、酔竜の瞳亭にしばらく住み込んだら、どうだ？　あそこのオヤジなら、お前も守ってくれるだろ」

「そこまでする必要あるかなぁ」

「俺の関係者ってのは調べればすぐわかるだろ」

「そっかぁ。うん、じゃぁそう——むぐ!?」

喋ってる最中のサラの口を、リディが押さえた。

「シッ、階段を何人か……三人かな、走って上ってくる」

リディが、耳に神経を集中させている。

マスハスには全く聞こえないが、リディの耳にはしっかりと聞こえているようだ。マスハスも、深呼吸をしてから神経を集中させる。

確かに、殺気を感じる。

「どこでバレた？」

マスハスの疑問を聞いたリディが、チラリとサラを見る。

「……サラ姉ちゃんかな。連中、もうマスハスとサラの関係を聞き出してたんだ。だからサラ姉ちゃんの姿を見て、後を付けた。しかも貴族様が二人も一緒だ。ボクだったら絶対に怪しいって思う」

「そういうことか。それなら、やっぱりサラを置いてはいけないか」

「だね」

「それはいいが、どうする」

ユーグが、剣を抜く。もう剣を抜いていたウルスが、玄関横に移動していく。

「迎え撃って倒した後、脱出するしかないでしょうね」

「だろうな。外に出て、一気にヤリーロの艶髪街から脱出するぞ。リリー、その子を頼んだぞ」

「任せて、マスハス」

ぎゅっと子供の手を握る。

玄関が蹴破られた。フードを深く被った男が一人、飛び込んできて、リディの短剣の前に絶命した。

その死骸を飛び越えた男の頭蓋が、ウルスによって断ち割られる。

崩れ落ちる死骸をユーグが思いっきり蹴り飛ばした。

三人目の男が思わず死骸を抱き留める。

ユーグの剣が、死骸ごと男を貫いた。死骸に足を掛け、剣を引っこ抜く。

「やるな、二人とも」

マスハスが小さく拍手すると、ユーグが血飛沫を浴びて汚れた顔で振り返る。

「で、どうするんだ？」

「馬鹿正直に出て行っても囲まれるだけだろうな。裏から逃げるか」

「使い古された策だな」

「王道ってのは、使い古されても使えるから王道なんだよ」

「なるほど、その通りだ」

「さぁて、楽しい楽しい脱出劇を始めるとするか！」

マスハスは振り返り、リリアーヌ達に獰猛《どうもう》な笑みを見せたのだった。

† † †

マスハスとウルスが、同時に窓から飛び降りた。

昨夜といい、どうもにも二階から飛び降りる機会が多い。そんなことを思いつつ、マスハスは空中から見張りの一人の脳天を叩き割り、着地と同時に転がって、起きざまに二人目の見張りの腹をかっさばいた。

隣ではウルスが三人目の見張りと剣を交え、弾き、袈裟懸《けさが》けに斬り捨てている。

ユーグがドンッという音と共に降りてきた。

サラも跳び、ユーグに抱き留められる。

リリアーヌが、しがみつく男の子を引き剥がして、マスハスへ投げる。

「過激だな、アイツっ！」

思わず言葉が口を突いたが、男の子をマスハスは優しく抱き留めた。

「おう、よく頑張ったな」

髪を撫でると、驚いたままの男の子の顔がやっと和らぐ。

その隣に、猫のようにリリアーヌも着地した。

「リリー、乱暴すぎんだろ！」

男の子を放り投げておいて、しれっとした顔だ。

「あら、この子も男の子よ。自分で跳ぶ勇気くらい持たないと、いい男にはなれないわ」

これが守ると叫んでいた時と、同一人物とは思えない。

「女の守るってのは、複雑なの。抱きしめるのも、突き放すのも、守ることよ」

マスハスに顔を寄せて、リリアーヌはいけしゃぁしゃぁと諭す。

「マスハス、連中気が付いたぞ！」

リディの声が頭上から響いた。雨の中、見上げるといつの間にか屋根に登っている。

「走るぞ」

マスハスの声と同時に、一同が走り出す。

「どんくらいいやがる？」

走りながら叫ぶと、屋根の上を並行して走るリディが叫び返してくる。

「五十ってとこだ。喜べ、ガスパールもいるぞ！」

「ハッ、ご本人の登場とは光栄だな」

「連中も走ってる！」

「そりゃ、そうだろうなっ」

前方の路地から、あらかじめ待ち受けていたらしい男達が、わらわらと姿を現した。

——十人程だ。

マスハスを中心として、右にユーグが、左にウルスが飛び出す。

鉄が衝突する甲高い音が雨中に響き渡る。

一度、マスハスは後ろに跳び、釣られて前に出た男を踏み込まず下段から斬り上げる。手首が跳んだ。

撥ね上げた剣を回すように勢いを殺さずに斬り降ろす。

鎖骨に剣は吸い込まれ、肋骨を三本ほど斬り裂いて止まった。

男が口から吐く血を避けながら、剣を引き抜くことなく左へと振る。男一人分の体重が腕に掛かるが、気にせずだ。

ウルスと剣を交えていた男に、もう死骸となったであろう男がぶつかる。バランスを崩した男が、ウルスに切り伏せられた。

死骸は、今の衝撃で剣から落ちる。

「助かります！」

ウルスの声だ。

「ウルス、後ろだ！」

マスハスの目に、ウルスの後ろから迫る男の姿が映った。これまでのローブ姿の男達とは違う、革製とはいえブレストアーマーを装着した大柄な男だ。両手持ちの大ぶりな剣を大上段に構え、振り下ろそうとしている。

「――ッ！」

ウルスが転がりながら体勢を入れ替えた。すかさず剣を上げ、その腹を左手で支えた。

――ギィィィイン！

この場でも、一際大きく重い音が響き渡る。

マスハスの視界の端で、一瞬ウルスの身体が地面に沈んだように見えた程の衝撃だ。だがウルスは、歯を噛んで耐えていた。

そのまま押しこもうとする大柄の男の大剣を、自らの剣を左に傾斜させることで逸らし、その勢いで弾かれるようにして右に跳んだ。

一回転して跳ね起きる。

「また新手かっ！」

左手からフードの男がウルスに斬りかかる。

後ろにステップを踏み、ウルスの眼前を切っ先が降りていった。着地した右足に力を入れて蹴り、下から男を斬り裂く。

一呼吸する暇もなく、大柄な男が大剣で突きを放ってくる。

「器用な真似をっ――する！」

剣で突きを弾くと、流れるように斬りかかる。体勢を崩していた男が、大剣から左手を放した。

左腕の肘から先が落ちる。

吹き上がる血に顔を歪めながらも、大男が大剣を片手とは思えない勢いで薙いできた。

ウルスが、屈む。

髪の毛を数本掠め斬って、剣風が去って行った。

その時にはもう、ウルスの剣の切っ先は大柄な男の腹部を貫いている。

「間違った道に落ちた人とはいえ強者、勇ある相手でした。そこは賞賛し、覚えておきますよ。だから、せめて戦士として死んで下さい」

ウルスが言葉と共に、剣を横に薙いだ。

腹が裂け、大柄な男が膝から崩れ落ちる。

「楽に死ねることが、私からの手向けです」

苦痛に顔を歪ませた大柄な男の首を、一瞬で跳ねた。絶命した相手に一瞬頭を下げて、ウルスはマスハスと剣を交えていた男を、背後から斬り捨てた。

「ウルスにしては珍しく、手こずったじゃねぇか」

「この連中の部隊長辺りでしょうね。裏街道に堕ちたのが惜しい相手でした、よっ！」

喋りながら、新手とウルスが剣を交える。

「難敵と戦う喜びに浸るのはいいがな、俺達は守る人がいるのを忘れないでくれ、二人とも……」

背後からユーグの声が飛んだ。

チラリと振り返ると、ユーグが背後にリリアーヌ達を庇いながら二人の男と戦っている。

「私が――」

振り返ろうとしたウルスの肩に、マスハスは自分の肩を――必要ない――と、軽く当てた。

その意図を悟って、ウルスが目の前の敵に集中する。

「お前ら、それでも本当に親友かよ！」

悲鳴のような声を上げたユーグが、左の男と剣を合わせながら、右の男の剣を振り下ろす手首をがっしりと左手で握った。

そのままギリギリと締め上げる。

男の顔に脂汗が浮かぶ。

「フンッ！」

左手一本で、ユーグが男を地面に叩きつける。その首を、ユーグが踏みつけた。一撃で、男の喉が潰れる。

その間も、左側の男は剣に圧されて何も出来ていない。

「さぁて、やっと両手で相手できるな」

左腕をグルグルと回しながら、獰猛に舌なめずりでもするようにユーグが笑った。その笑顔を見た男が、恐怖に呑まれて背中を見せる。

「おい、そっちは！」

ユーグの声と同時だ。錯乱状態で剣を振り回す男の腕を、リリアーヌが切り落とした。男は痛みと恐怖で悲鳴を上げながら逃げ去る。

リリアーヌは再び男の子を抱いて、男が逃げ去るのに任した。

「ユーグさん、私だって飾りで剣を持ってるわけじゃないんですよ？」

パチンとウインクだ。

「やれやれ、とんだお転婆《てんば》姫だったか」

ユーグが苦笑した。

「でも、中々の腕前でしたね」

「だからと言ってなぁ、ハラハラさせるぜ」

前方の敵を切り伏せた、ウルスとマスハスがユーグと合流した。薄情にも助けに来なかった二人にユーグが文句の一つも言おうと思った、その時だ。

雨を斬り裂いて剣が一閃した。

リリアーヌが見逃した男の首から下が、転がるように倒れ伏していく。

ピタリと止まった剣の上に乗っているのは、男の首だ。

「あれほど女に手を出すなと言ったよな、俺は。ったく、命令を無視する上に、一人も減らしていないとはね。主人を働かせる駒ってのは忠誠心を疑うよ」

ガスパールが路地から姿を現した。

剣の上に乗った頭の髪の毛を掴み、投げ捨てた。その顔には、驚きすら浮かんでいない。マスハスが見た怯えた表情のままだ。

「役に立たない駒は、主人に殺して棄てる手間まで掛けさせる。まったく腹立たしい限りだよ。なぁマスハス、お前もそう思うだろ？」

ガスパールに続いて二十人ほどが並ぶ。

切り伏せた十数人が出てきた路地からも、新たに人が出てくる気配が伝わってくる。警戒しながらゆっくりと、マスハス達は建物を背にする位置へと移動する。

当然、ガスパールと手下達もまた移動して、囲んでくる。

「絶体絶命。今こそ相応《ふさわ》しい言葉だろうな」

一人動いていないガスパールが、剣を振って血糊《ちのり》を振り払う。

「否定はしづらいな。死中に活を求めるって感じだ」

「死中か。心外なことを言うもんだ」

マスハスの返事にガスパールが苦笑したかと思うと、一気に間合いを詰めてきた。

ガスパールがだらんと持っていた剣を、斜め左下から斬り上げた。

その剣の腹を蹴って体勢を崩し、マスハスが右上から斬りつけると、その手首をガスパールが押さえる。

同時に後ろへと飛び、地面を蹴る。

剣と剣が、二人の間で激突し、弾かれる。

即座にマスハスは剣を振り下ろす。まるで合わせ鏡のようにガスパールも、剣を振り下ろす。

激突し火花を散らして、弾かれる。

雨の中、水しぶきを上げて再び剣を振り下ろし、激突して弾かれる。

その繰り返しを前に、ユーグもウルスも手を出せずにいる。リリアーヌも男の子も、リディも、そしてガスパールの手下達も、固唾《かたず》を呑んで見ていた。

何度目だろうか。

さすがに吐く息も荒くなり、心臓が早鐘《はやがね》を打っている。

渾身の一撃を放つ。

ガスパールもまた渾身の一撃を放ってきた。

――ギンッ！

これまでで最も大きな金属音が鳴り響いた。

申し合わせていたかのように、二人は後ろへと跳んだ。

「よく保った方かね」

ガスパールが、剣を手放した。

落ちた剣が、真っ二つに折れる。

「ま、中々楽しい時間だったよ。しかし昨夜も思ったが、いい剣を持ってるな」

ガスパールが手下から、新しい剣を受け取る。

「家宝だよ」

「なるほど、それなら納得だ。腕の方も、その剣を持つだけの資格はあるようだしな。どうだ、マスハス」

「なんだよ」

「俺の部下にならないか？」

いきなりとんでもないことを言い出した。

「本気で言ってんのかよ」

「ま、八割方言ってみただけだな」

「ならその八割だ」

「残念だ。なら、どうだ？　金で手を打たないか」

「はぁ？」

「いいか。俺は、マスハスなんていう田舎貴族の命には大して興味ないんだよ。あくまでも欲しいのは、その子供とリリアーヌの身柄だ」

背後でリリアーヌがビクッと身体を震わせる。ガスパールはお構いなしに言葉を続けた。

「どうだ、今なら高額で買い取るぞ。俺としても、手下を殺されまくるのは勘弁してほしいところだからな。もったいない」

「悪いが断らせてもらおうか」

「ほう、金よりリリアーヌがいいってわけか」

「ま、そうなるな」

「ふっ、だがな、その女は俺のものだぞ」

「お前の？」

ふと、思う。

「……おい、一ついいか」

「悪くても聞くんだろうよ、その顔は」

「ま、そうだ。お前、その口ぶりだとコイツを知ってるみたいだな。なんでだ？」

「…………………………お前に言う必要があるか？」

「なくもない。お前、昨夜は女は殺すなとか言ってたよな。確かに、男好きする顔に身体だ——」

「ちょっと言い方っ」

リリアーヌが場違いに突っ込んでくるが、無視する。

「女衒《ぜげん》にでも高く売れるから殺すな、そんな意図だと思ってたけどよ。リリーのことを知っているなら、話は違う」

「本当に、私のこと知っているの？」

リリアーヌが並んで警戒する三人の間から、顔を出した。

「…………」

じっとガスパールの顔を見つめる。ガスパールは、居心地悪そうに顔を背けた。

「知り合いなのか？」

「……もしかしてダーナル家のガスパールさん？」

リリアーヌの問いに、ガスパールが舌打ちをした。

「チッ。相変わらず、抜けた顔してるくせに、鋭い女だな」

「貴方なの？　本当に……なら、どういうことよ、これは！」

「どうもこうもないさ。これが、今の俺だ」

ガスパールが、憎々しげな顔をする。その顔を見てから、マスハスはリリアーヌの顔を見た。

「どういう関係だ、お前ら？」

「どうって……小さい頃、よく遊んでもらったのよ」

「親戚か」

「かなり遠縁だったと思うけど、それよりヴォジエ家の領地スナンとガスパールさんのボーブルが近いのよ。山一つ挟んでいて街道からボーブルへ行くには、スナンを通らないといけないの。だから私が小さい頃、よく家に来ていたわ」

「他人の領地を通って、挨拶しないわけにもいかないからな。それだけだ」

ぶっきらぼうにガスパールが言い捨てる。

「そうね、私のために好物の山葡萄《やまぶどう》やアケビを持ってね。だから私、いつも貴方が来るのを楽しみにしていたわ。初恋、そんなものだったのかも知れないわね」

その言葉に、マスハスの心がざわつく。自分は知らない、リリアーヌと他の男の過去だ。それも初恋だ。だが、話はそんな美しいものではなかった。

「――でも」

リリアーヌの顔が、苦しげに沈んだ。

「どうした？」

「あっ、思い出しました！」

ウルスが、いきなり脇で声を上げた。

「なんだよ、いきなり」

「ダーナル家ですよ。先の陛下の治政で起きた、第一王子の叛逆未遂事件で黒幕とされたのが、ダーナル侯爵家だったんですよ」

ガスパールの顔が、見るからに歪んでいく。

「かなりの権勢を誇っていたそうですけど、当主は死罪となって領地のほとんども没収されたとか。孫が一人、助命されて家そのものは存続しているって聞いています。もっとも侯爵位も取り上げられて男爵に降格されたそうですけど」

「俺も聞いたことがあるな。確か、没収された領地のほとんどが、今のバスティアン陛下の即位に功績があったとかで、テナルディエ家やガヌロン家のものになったらしいな」

ユーグが思い出しながら言う。

「ええ、そうなの。私も父から、沈痛な顔をした父から聞いたわ。ダーナル家がどうなったのか。そしてガスパールさんだけが生き残ったって聞いて、家族を失った貴方の心中を、苦しさを思って、泣きはらしたわ」

「……お前に何がわかる」

リリアーヌの言葉を聞いたガスパールが、吐き捨てた。

「わからないわ。きっと私にはわかってない。それでも、貴方だけは生きてる。そのことを喜びもしたのよ。再会した時は、ちゃんと励まそう、そばにいてあげたいと思っていたわ」

俯いていたリリアーヌが、顔を勢いよく上げた。

その瞳が、濡れている。

「それなのに、逐電したって聞いて……逆に聞くけど、貴方にその時の私の気持ちがわかるの！　いいえ過去だけじゃないわっ。ガスパールさん、こんな所で、こんな姿になった貴方と再会してしまった、私の気持ちがわかるの！」

「理解する必要があるか？　女の気持ち？　そんなもんは不必要だ」

「なっ――」

「女は奪えばいいんだよ。奪って犯す。抵抗する気も、いや自分の気持ちなんてくだらないものが消え去るくらい犯して、俺で染め上げればいいんだよ」

ガスパールの言葉に、負の感情にリリアーヌがよろめいた。

マスハスはその身体を片手で抱き留めると、一度だけ強く抱いてから放した。

ゆっくりとガスパールへ顔を向ける。

小馬鹿にした顔をだ。

「なるほどね、リリアーヌが知ってるガスパールは過去のものってわけだ。随分と歪んじまって、ああ、歪んでも過去を忘れられないから、金色の『侯爵』か。未練がましいこったな」

マスハスが皮肉ると、ガスパールが歪んだ顔を上げた。

「お前に、何がわかる。奪われた人間がどうなるかを、奪った連中がのさばるのを見せられる苦しみを、何がわかるっ！　だから俺は奪う側になったんだよっ。あいつらから、奪ってやるとも。力も――」

ガスパールが、震えるほどに強く強く剣を握った。

「女も――」

ゆっくりと剣を構える。

「家も、だ！」

地面を蹴って、マスハスへ真っ直ぐに突っ込んできた。

怒りのまま、力任せの一撃。

正面から剣を合わせず、僅かに斜めに受けていなす。

「なっ――」

勢い余ってガスパールがたたらを踏んだ。

「我を忘れた方が負けるんだよ！」

背中へ斬りつける。

と、ガスパールが背中へ剣を肩から回して、一撃を防ぐ。

「器用なヤツだなっ。けどよ、このまま！」

マスハスは、ガスパールの背中へと剣ごと押しこむ。

「ぐっ……」

呻き声を上げて、不利な体勢のままガスパールの身体が沈んでいく。

その様子に手下達が、ようやく動き出した。

ユーグとウルスが、手下達に対応してくれる。

「マスハス、逃げるチャンスだ！」

リディの声が、包囲の外から聞こえてきた。

確かに頭目の危機を見て慌てて動いたせいか、包囲は崩れていた。

「に、逃げるのかい。俺にトドメを刺すチャンスだってのに」

苦しそうにガスパールが、挑発してくる。

それはそうだが、今ここでガスパールを殺したところで、五十人近い、それも復讐に燃える連中から逃げるのは至難の業だろう。

それなら選択肢は一つだ。

逃げられる間に逃げる、それしかなかった。もっとも、おまけを付けることはできる。ガスパールも殺しておく、という。

「悪いね」

「大した伯爵様だな」

「親から勘当《かんどう》寸前の身なんでね、伯爵家の名誉なんてものは、とうの昔にそこらに捨ててんだ――よっ！」

思いっきり剣へと体重を掛ける。

「ぐぁぁあっ」

ガスパールが膝を突き、地面に潰れる。

瞬間、ガスパールが剣を手放し、横へ倒れ水しぶきを上げて転がる。

立ち上がろうとしたその顔にマスハスはすかさず剣を振るった。

ガスパールが咄嗟《とっさ》に顔だけを背けると、余勢で後ろに倒れる。

マスハスの視界の隅で、血が吹き上がる。

だが、マスハスはもう走り出している。ユーグとウルスが、混乱する金色の侯爵党の手下達に穴を開けている。

目の前にはリリアーヌと子供が走っている。サラも必死に追いかけていた。

その背中を守るように、走っていた。

逃亡に気が付いた男を数人、走り抜けながら殺す。

血飛沫を浴びながら、マスハスは男達を殺した手応えと、ガスパールの顔を斬った時の手応えの差を、はっきりと感じていた。

「殺し損ねたか……」

†　†　†

雨の中、マスハス達は走った。

地の利は向こうにある上に、雨のせいかガスパールの指示があったのか、目抜き通りですら人通りがほとんどなく否応なく目立ってしまう。

ガスパールの前から逃げてから、もう三回手下達に追いすがられていた。うち一回は道を塞がれて、戦闘に到っていた。

今も、背後から追ってくる気配をひしひしと感じる。

ただこの逃避行も、もう少しの辛抱だ。もう少しで衛兵達が詰める小屋にたどり着く。さすがの連中も、衛兵達に組織だって抵抗はしないはずだ。

そこまですれば、反乱と同じだ。

もっとも、ガスパールなら決してやらないとも言い切れないが……。

「マスハス、なんだあれ？」

ユーグが走りながら、前方を指さした。

衛兵達の小屋の前に馬車が止まっている。しかも、五十人ほどの護衛に囲まれてだ。

「どっかの貴族様だな。しかし、好都合だぞ」

「どうしてだ」

「事情を話せば、馬車に乗せてくれるんじゃないか？　そうすりゃ、追っ手に怯えて走る必要もなくなるだろ」

「なるほどね。護衛にも囲まれてるしな」

「そういうことだ」

「そう上手く行きますかね」

ウルスが悲観的に首を傾げる。

「ダメなら、ピエール＝ボードワンの名前を出せば、断りゃしないだろうよ」

軽く言って、マスハスは馬車へ駆け寄った。

さすがに護衛達が前を遮《さえぎ》ってくる。

「おかしいな、王室の紋章がある……」

馬車を見たウルスの呟きを聞きながら、マスハスは努めてにこやかな、どう見ても不器用な笑みを浮かべて、護衛に近寄った――時だ。

「待ってっ！」

いきなりリリアーヌが叫び、マスハスの腕を強く引いた。身体が仰け反る。同時に、マスハスの視界で剣が煌めいた。

血飛沫が上がる。その向こうに、ガスパールの顔があった。

崩れ落ちるマスハスを見ながら、ガスパールが嘲《あざけ》り笑う。

「この傷の礼にしては、いささか深すぎたな」

マスハスを見下ろしながら、ガスパールは自分の頬に指を這わせる。そこには、以前にはなかった傷があった。

マスハスが、逃げる際に刻んだものだ。

「くっ……」

意識が朦朧《もうろう》として、イヤミの一つも出てこない。

身体が浮いた。遠くから、ユーグとウルスの声が聞こえてくる。

ただ徐々に薄れていく視界の中で、自分の前で両手を広げて立つリリアーヌの姿が映っていた……。

† † †

ピエール＝ボードワンは、昨日と全く同じように宮廷の片隅にある書斎で、書類に目を走らせている。

一昨日も一昨昨日も、そしておそらく明日も明後日も、三百六十五日変わらない光景だ。

実際、この書斎を与えられてから三年間で休んだ日は記憶になかった。まだ二十四歳という若さもあるが、細く痩せて見える身体は存外頑丈ということだろう。

「飽きもせず、毎日よくもまぁ働くものだ」

テナルディエが、呆れたとも感心とも取れる感想を口にした。配下の者を十人連れて、書斎に入ってきたばかりのようだ。ボードワンのテーブルへ、ゆったりと歩いてくる。一人だけ、騎士らしき男が随行する。残りの配下は、壁際に直立して待機していた。

慌てる様子もなく、ボードワンは目を通していた書類を丸めてから、椅子を引いて立ち上がった。目を通していた書類は、部下が作ったヤリーロの艶髪街関連の報告書だ。今はまだ、テナルディエには知られたくない名前が記載されていたのだ。ついでにマスハスの名前も、目の前の男には知らせないという、ちょっとした義理もあったが。

「公爵閣下、これは申し訳ありません。扉が開いたことも気が付きませんでした」

深々と頭を下げる。

「いい、気にするな。しかし何度も目にしたが、貴公の集中力には感心する。私だけでないぞ、宮中の皆、なにより陛下も貴公のそういった点に常々いたく感心されている」

今度は、紛うことない感心の言葉だった。

「臣のような浅学非才な身では、書類に真摯《しんし》に向き合うことぐらいでしか、陛下のお役に立てませんので」

「謙遜《けんそん》もそこまでいくと、イヤミだな」

「これは手厳しい。して、今日はいかようなご用件で？」

「聞くまでもあるまい」

柔和《にゅうわ》な笑みを浮かべていたテナルディエが、顔を引き締める。

「幾つか手を打っております。中でも一つ、良い動きをしている者がいるようで、動きは見えて参りました」

「動き、か。良いか、ことは我が家だけではなく、王国の先行きにも影響する。なんとしても捜しだして、お救いするのだ」

「良く分かっております。一両日中には、良い報告ができるように努力いたしますとも」

「それと――」

テナルディエが声を潜める。が、ボードワンは彼が最後まで口にする前に、言葉を被せた。

「もちろん、ガヌロン公側には今のところ察知されずに動けております」

「うむ、さすがはボードワン殿だな。貴公の配慮には感謝している」

「何を仰います。陛下の臣として、当たり前のことをしているまでです」

「ははっ、良い心がけだ。では、よろしく頼むぞ」

うんうんと数度頷いて、テナルディエは書斎を出て行った。その姿が見えなくなるまで、ボードワンは深々と会釈したままでいた。扉が閉まる音がして初めて、顔を上げる。

「はてさて、御家と王家と、いったいどちらの優先度が高いのやら」

小さく呟いて、ボードワンは再び椅子に座って書類を転がし開いた。

「厄介な名だ。本来であれば陛下の裁可を求めねばどうこう出来ないが、それではテナルディエには負担となるな。今は、両派のバランスを壊したくはないが……。さて、事後処理はどうしたものか」

書類に目を通しながら、独りごちる。三回ほど読み直し、ボードワンが書類を丸めた。肘掛けにもたれかかり、顎を手に乗せて目を閉じる。

しばらくその体勢で思慮を巡らせて、また独白した。

「ふむ、どうせ事件そのものが無かったことになる。放っておくか」

目を開けて、立ち上がる。

「しかし、リディからの報告がまだ来ないとはな。あの放蕩貴族《ほうとうきぞく》に染まったとも思えないが、私が行くしかあるまいな。さて、マスハス卿の息があるとよいのだがな。これで命を落としたとあっては頼んだ手前、私も少々気が引けるというものだ」

第五章　思春期と少年の成長と

城下を豪奢《ごうしゃ》な馬車が急ぐこともなく、ゆっくりと進んでいた。前後には警護が五十人、歩いている。

誰がどう見ても、身分の高い貴族が乗っている馬車だ。

ただ見る人が見れば、首を捻るだろう。

これだけの貴族の馬車の護衛は普通なら騎士だ。少なくとも数騎は馬上の者が随行する。

なのに、この馬車の護衛は徒歩の兵士ばかりだった。その装備もバラバラで傭兵のようにしか見えない。

「貴様、何を考えているっ」

そんな馬車の中で、フィルベールが声を荒らげた。前の席にはガスパールとリリアーヌが座っている。

ガスパールは、足を組み横柄な態度で座っていた。その姿は、およそ貴族らしくない。

隣のリリアーヌは腕を縛られ、ムスッと唇を閉じて俯《うつむ》いている。

「何を？　そうだな、強《し》いて言えばマスハスのことかね。運が良い野郎だ、殺し損ねた」

今の言葉を聞いたリリアーヌが顔を上げてガスパールを見た。視線を受けて、ガスパールは

「嘘じゃない」とだけ答えた。

　リリアーヌの顔に、喜びが広がっていく。

　その顔を見て、ガスパールはただ苦笑した。

「ええい、私と話をしているのだろうっ。そもそも、私はそんなことを聞いているわけではないっ。あの子供を、どうして逃がしたのだ」

「逃がした気はないがね」

「現にっ、あの連中と一緒に逃げちゃったじゃっ——ッ、じゃ、じゃないのぉぉっ！」

　フィルベールが馬車の中で地団駄《じだんだ》を踏み、甲高い声で怒鳴り散らす。時折、怒りのあまり息が詰まり、パクパクと打ち上げられた魚のように口を開閉しながら、なんとか頭に浮かんだ言葉を言い切り、ゼィゼィと息を吐いた。

「いやぁ、旦那もなかなか愉快な怒り方をするね」

「ふざっ、ふざ、ふざ、ふざけるなっ！　幾《いく》ら貴様でもっ、ゆ、許さんぞ！」

「へぇ、許さないとどうなるんだ。興味あるね」

　ガスパールが、足を組み直しながら笑みを浮かべて睨《にら》んだ。フィルベールは気圧《けお》されたが、何度か口をパクパクとさせた後、ようやくにらみ返してまた怒鳴る。

「そんな余裕を、き、貴様よく言えたものだなっ。そもそも、この女はまだ私の所有物なのだぞっ」

ビクッとリリアーヌは肩を震わせたが、なにも喋らない。終始、嫌悪が顔に浮かんでいるだけだ。

「ま、そうだな」

「そうだな、ではないっ。いいか、この女のあのガキを連れて逃げた罪は、貴様に払い下げた給仕達《きゅうじ》よりも重いのだぞ。本来ならば、徹底的に苦しめ、いたぶり、虐《しいた》げ、犯し尽くして泣いて許しを請わせてから、火あぶりにでもすべきなのだ」

フィルベールが、リリアーヌの身体を舐めるように見る。その瞳に灯るのは、好色というよりも加虐的な光だ。

「この白い肌には、さぞ鞭の傷が映《は》えるだろうな。火傷もいい。いや、いっそ顔面の半分を焼いて、美しい顔とのギャップを一つの顔で楽しむのも良かろう」

剥きだしの残忍さに、リリアーヌはさすがに怯えた。それでも、気丈ににらみ返す。だが、その気丈さすら、この残忍な男にとっては加虐の種になる。

「クク、いいぞ、その瞳。その瞳が苦痛と恐怖に染まり、やがて絶望となるのを、是非見てみたいものよ」

ガスパールが苦々しく遮《さえぎ》った。

「人の性癖に口を出す気はないが、あまり怯えさせないでくれないかね、王子様よ。俺が貰う予定なんだよ」

「それだっ。貴様は、この私から楽しみまで奪おうというのだぞ。あのガキを連れてくれば、罰を与えずに貴様に払い下げることが、どれだけ慈悲深いかわかっているのか」

「慈悲深いと来たもんだ」

「とにかく、なぜ逃がしたっ。このままでは、この女は渡せんぞ。コイツの父親の作った借財の代わりに、買い取ったのは私だ。中々の額を払ったのだぞ」

「よく言うぜ。高利貸しを後ろで操ったのは、旦那だろ」

リリアーヌが驚いてガスパールを見た後、怒りを浮かべてフィルベールを睨んだ。

「むっ、貴様それをどこで」

「ヤリーロの艶髪街《アマシュ》なんてとこを根城にしてれば、汚物の噂は大体集まるもんでね。大方、最初からリリアーヌが狙いだったんだろうよ」

「……さて、何の話かな」

「本当なのですかっ。私のせいで、スナンは、お父様は苦しんだのですか！」

「知らん知らんっ。そこの男の妄想だ」

「妄想癖はないんだがね」

「ええいっ、それにだ。そもそも借金する方がバカなのだ。それも高利に手を出すなど、自業自得よ。全てを失って当然ではないか」

「でもっ、そうしなければ領民が、みんなが食べられなくて……仕方ないじゃないっ。スナンは貧しい土地なのよっ。民を守るには、どうしてもお金が必要だったの！」

　リリアーヌの叫びをフィルベールが、鼻で笑った。

「どうかしているぞ。民？　いいではないか、苦しめば。奴らは我らに貢ぐために生きているのだぞ。奴らのために我らが苦しむなぞ、本末転倒の極みよ」

「…………ええ、貴方ならそう考えるのでしょうね」

　リリアーヌが、心の底から侮蔑の目をフィルベールに向けた。スナンの地で育って初めて王都に出てきた彼女にとって、貴族とは父親のような領民を慈しむもの、そう信じていた。そんな彼女にしてみれば、フィルベールのような感覚は信じられないというよりも、軽蔑でしかなかった。

「金で買われた分際でなんだ、その目は！」

　フィルベールが手を上げかけ、ガスパールに睨まれて苦々しい顔で下ろした。ガスパールが苦笑しながら、リリアーヌを見る。

「あのなリリアーヌ、世の中にはこの旦那みたいな貴族の方が、むしろ多いんだぞ」

「…………そうね、貴方もそうなってしまったものね」

「ハッ、言ってくれるな。だがな、お前の親父も俺達みたいになってれば、お前も売られるなんてことは、なかったんだぜ？」

「私は、家族を犠牲にしても領民を守ろうと思うお父様を、心の底から尊敬しているわ。ええ、今も変わらない」

「ったく、昔から頑固なところは変わらないな」

「貴方は、大きく変わったけれどね」

「必要だったのさ。奪う、取り戻すために」

感情を読み取らせない顔で言うと、フィルベールのほうを向いた。

「とはいえ、この旦那は領地を持ってないからね、どんな考えだろうが被害を受ける領民はいないんだがな」

ガスパールの指摘に、フィルベールが不機嫌そうに顔をしかめる。

「何度も言わせるな、殿下と呼べ」

「誰も旦那のことを殿下なんて呼んでないってのにか？」

「貴様っ、この私がいつまでも寛容でいられると思うなよ！」

「それは俺の言葉なんだがね。旦那の首を落として、俺はまた街に戻ったっていいんだ。別にテナルディエでもガヌロンでも、利用出来れば相手は誰でもいいんだよ」

「抜かせ。貴様のような野良犬、いや捨て犬を誰が拾うものか。私のような、心の広い者だからこそ、餌を与えてやっているんだぞ」

ガスパールが目を丸くした。そしてまじまじとフィルベールを見る。

「……なんだ」

その言葉が合図だ。

大きく口を開けて、ガスパールが腹を抱えて笑い始めた。

「プッ、プハハハハハハハハハハハハハハハハハハハハハハハハハッ、傑作だよ、ハハッ、旦那、王子なんて止めて喜劇でもやったらどうだい」

「な、何がおかしいっ！」

「ハハハッ、あぁぁ、腹痛ぇ。まったく、俺を笑い殺す気かよ」

「だからっ、何がおかしい！」

「おかしいに決まってるだろう。父親からも貴族からも宮廷からも、棄てられてんのは旦那だってのによ。連中に取っちゃ、屋敷だって捨《す》て扶持《ぶち》だって、食いカスの残飯与えてるとしか思ってないってのにな」

ガスパールの言葉に、フィルベールの顔が見る見る怒りで歪んでいく。噛み締めた唇に、血が滲《にじ》む。

「お、言い返さないのかい？　なんだ旦那、自分でもわかってたか」

「殺す……貴様、全てが終わった暁には、国王として殺してやる」

「無理だね。旦那は、そう簡単に俺を殺せないよ。殺すには、秘密を俺に知らせすぎてる。最たるもんが、今回の誘拐と殺しだろ」

「…………それは貴様も同じだろうが」

「そういうことだ。お互い、相手をクソみたいに思ってても、今は汚い手を離せないのさ。俺が、何度言おうが旦那って呼んでもね」

「……覚えておくがいい」

「いや、忘れるね」

ガスパールが肩をすくめる。

忌々《いまいま》しげにその素振りを見つつ、フィルベールがまた口を開いた。

「とにかくだ、あのガキを連れてこい。さもなくば、この女は渡さん」

苛立《いらだ》たしげにフィルベールが、声を上げる。

「だから分かってるって、旦那。一時的に逃がしてやっただけだ」

「どういう意味だ？」

「今夜にでも、あの子供は旦那の手に戻るってことさ」

「……信じてもいいのだな？」

「もちろんだ。俺も、あのマスハスって男の息の根を、確実に止めておきたいしな。あの時は、こいつの我《わ》が儘《まま》を聞いてやっただけだ」

ガスパールの言葉に、リリアーヌが目を閉じた。

あの時の光景が、脳裏に広がる。

† † †

あの時——マスハスがガスパールに斬られた時だ。

リリアーヌは倒れたマスハスの前に立ち、自らの剣を喉に当てた。その姿をガスパールは怪訝《けげん》な顔で見つめた。

「なんのつもりだ？」

「マスハス達を逃がして」

喉元に感じる切っ先に、手がどうしても震えてしまう。それでもリリアーヌは、必死に言葉を紡いだ。

「さもなくば死ぬってことか？」

「そ、そうよ。何故かは知らないけど、私に死んで欲しくないのでしょう？」

リリアーヌの返答を聞いたガスパールが、顔を左手で覆って忍び笑う。

「何故？　ハハッ、相変わらず鈍いなリリアーヌ」

「え？」

「簡単だ。お前に惚れてるからだ。惚れた女には死んで欲しくない、ごく自然な願いさ」

「——ッ!?　私にガスパールさんが、惚れて？」

「そうとも。昔からな。お前の初恋の相手が俺だと聞いて、感動すら覚えたよ」

「待って、で、でも私は――」

リリアーヌに最後まで、ガスパールは喋らせてくれなかった。

「だが、いいだろう。惚れた女の願いだ、我が儘の一つくらい聞いてやろう。ダーナル家の名誉に懸けて、連中がこの場から逃げるのを許してやろう」

ガスパールは承諾するとすぐ指示を出した。すぐに警備兵に扮装《ふんそう》した手下達の足が止まる。

ガスパールの告白を受けて、リリアーヌはもう何も言葉が出ない。ただ今はそれを受けることしかできない、みんなを――彼を守るためには。未来が決まってしまった。

望む未来ではないかも知れないけれど、その未来を受け入れるしかない。

そんなことは、スナンの地を出た時から覚悟していたこと。

ただそれが現実として目の前に突きつけられると、やっぱり少し悲しい。

「…………」

リリアーヌは、背後を振り返った。すがるように見ても、反応はない。

マスハスはユーグに抱き上げられ、背負われていた。流れる血が、すぐにユーグの背中を赤く染め上げる。走り出したユーグの後に、点々と血痕が残っていった。

リディもサラと子供を守るように続いた。

ウルスは一度リリアーヌへと振り返ると、深々と敬意を持って頭を下げた。

もっともその姿はリリアーヌの視界の隅にしかなかった。彼女の目は、ユーグに背負われて遠ざかるマスハスしか見えてはいない。

と、ガスパールがリリアーヌの肩に手を置いた。

馬車から怒鳴り声が聞こえる中、ガスパールは有無を言わせぬ語気でリリアーヌにただ告げた。

「ああ、そうそう。今からお前は俺の女だ、否はない。それを忘れるな」

リリアーヌは唇を噛んで、静かに頷《うなず》いたのだった。

† † †

「つぅ……」

マスハスは起き上がってベッドに座り、思わず痛みに呻いた。

マスハスの王都の家だ。ユーグに背負われたまま、マスハスは無事に虎口《ここう》を脱して、担ぎ込まれた。

マスハスを見たマチルダが涙目になったものの、テキパキと医者を手配してくれて、今に到っている。

ガスパールに斬られた傷は、もう医者によって処置が為され、胸は包帯で巻かれていた。

「起きて平気なのか？」

ユーグの言葉に応える代わりに、マスハスは両腕をグルグルと回した。

「血を失いすぎたな。少しフラフラするが、ま、平気だ。傷も痛むが、身体を動かせないわけじゃない。傷も開かないようにしてもらったしな」

「出血のわりには傷が浅いって、医者も言ってましたけど。それでも肋骨が二本折れてるそうじゃないですか。無理をしてまた倒れられても困るんですが」

ウルスの言葉に、ユーグも頷く。

「呑気《のんき》に寝てる気にはなれないんだよ。ウルス、確認だ」

「なんですか？」

「リリーはどうした」

この場に居ない彼女の名を口にする。

ウルスの顔はみるみる歪んでいく。何度か言いかけて、何度も口を閉じる。

「俺はあいつの背中を見た気がする。もしかしてあのバカ、残ったのか？　それも自分から」

喋りながら苛立ちが強くなってくる。そんな行動をしたリリアーヌにもだが、苛立ちの大半はそう仕向けてしまった自分の不甲斐なさへだ。

ようやくウルスが口を開いた。

「マスハスさんの推測通りです。リリアーヌさんは、自分の命を盾にして私達を逃がしてくれました」

「ええ、私達を追えば死ぬと。剣の切っ先を喉元に当てながら……」

「命を盾に？」

ウルスが、そこまで話して何か言い淀んだ。引っかかるものを感じて、マスハスは念を押すように確認した。

「それだけか？」

ウルスが沈痛な顔でユーグを、救いを求めるように見た。その仕草は、まだ他にもリリアーヌの身に起きたことが、それも決して良いことではないものがあると、マスハスに確信させた。

「ユーグ、教えてくれ」

マスハスの催促に、ユーグが負担を感じたのか、俯き重い溜息を長く吐いた。ゆっくりと顔を上げて、何かを覚悟した顔を見せる。

「まず一つ、約束してくれ」

「何をだ？」

「俺の話を聞いた後、無茶をするな。何をするにしても、ちゃんと俺達と相談して決めてくれ。俺は、マチルダさんが涙するのを何度も見たくない」

その提案はこれから語られる話の内容を、暗示している。マスハスが激高しかねない、そういう内容なのだろう。

マスハスは自分を落ち着かせるために、一度軽く鼻頭を掻いた。

視線を何度か泳がせてから、

「わかった」

ようやくユーグの提案を受諾した。

その仕草に、ユーグが思わず苦笑する。

「あやしいもんだが、信じるしかないか」

再びユーグが大きく息を吐いて、ゆっくりと話し始めた。

「ガスパールが、リリアーヌさんに告白した」

「あ？」

「混乱するだろうが、最後まで話を聞いてくれ。俺達もお前を担いで逃げだしてる時だ、ちゃんと聞けたわけじゃない。それでも、間違いなくガスパールが口にした内容は、告白だった」

「………それで、リリーはどうしたんだよ」

「何も答えてなかったと思う。ただ、これはウルスが聞いたんだが――」

ユーグが、隣に座るウルスを見た。

先ほどは言い淀んだウルスだが、ユーグが話の端緒《たんしょ》を開いたおかげで心理的負担が減ったのだろう、硬い響きながら話を引き継いだ。

「最後まで残ってたのが自分です。自分達のために残った勇気に敬意と感謝を伝えたくて、振り返ってリリアーヌさんに頭を下げたんです」

思い出し辛い顔で、ウルスが話を続ける。

「リリアーヌさんは、とても辛そうな顔をしていました。当然だと思います。そんな彼女の肩にガスパールが手を掛けて語りかけた言葉を、聞いてしまったんです……」

「あの野郎は、何を言ったんだよ」

「怒らないでくださいよ」

「怒らないってんだろ！」

怒気に満ちた言葉で、マスハスが答える。もう自分でも、その矛盾に気が付かない程に、頭に血が上っている。

ウルスが思わずユーグを見た。ユーグは、諦めた表情で仕方ないとただ顔を振るだけだ。その仕草を見たウルスが、ハァと息を吐いてから話の続きを喋りはじめる。

「ガスパールは、リリアーヌさんに今から自分の女だと、言う……違うな、宣告、いや通告……命令が近いのかな、とにかくそう告げたんです」

「……………………リリー、リリアーヌは、どうした」

まさしく、マスハスは言葉を絞り出した。

「何も。ただ辛そうな顔で、頷いただけでした」

「そうか」

案外、簡単に返事が口を吐く。

それはきっと、同時に身体が動いていたからだろう。

マスハスは立ち上がった。傷の痛みは怒りで感じない。血を失った感覚も一切感じない。いやむしろ、血が沸き立っている。

一歩前へ踏み出そうとしたマスハスを、ユーグが遮った。

「約束しただろう」

「約束なんぞ、とっくに超えちまったよ。お前ら、親友との約束でもな」

ユーグの肩を押す。抵抗したユーグの身体がよろめいた。それでもなんとか体勢を立て直して、マスハスの前にまた立ち塞がる。

「怪我人の力じゃないな。怒りに身を任せてるからなんだろうが、だがなマスハス」

「どけよ」

「なんでお前は怒っているんだ」

「なんだ、そりゃ。怒って当然だろうが、どけ！」

「頭に血が上ると、これだ。なら言葉を換えよう。マスハス、お前にとってリリアーヌさんはなんなんだ？」

「あ？」

予想外の問いかけに、マスハスは思わずユーグの肩から手を放してしまった。改めて、ユーグがマスハスに問いかける。

「お前は、リリアーヌさんをどう思っているから、怒っているんだ？」

「俺が、あいつを、どう？」

「そうだ。奥方を取られたのなら、その怒りは正当だ。恋人でもいいだろう。片思いは、微妙な所だな」

ユーグの改めての問いかけを聞いたマスハスの身体から、力が抜けた。

簡単に押し戻されて、マスハスは再びベッドの上の人となってしまった。腰掛け、自問する。

自分にとってリリアーヌとは、なんなのか。

顔が自然と赤くなってしまった。

その様子を見下ろしていたユーグが、優しく苦笑した。

「まったく、大の大人のくせに、思春期の子供か？　なぁ、ウルス」

「いや、私に聞かれても」

「お前も、この手の話に関しては奥手だったたな」

やれやれとユーグが頭を掻いて、椅子に座った。

「まず、これは言っておく。リリアーヌさんは、俺達を救ってくれた。騎士として、そんなレディを放っておいていいはずがない。助け出す。これはお前の親友としてではなく、一人の男としてのけじめだ。ウルス、お前はどうだ」

「もちろん、同じですよ。助け出します。あの人は、とても勇気がある人です。子供を助けるために身を投げ打つだけではなく、縁の少ない私達のためにさえね。ならば、男として騎士として、勇気には勇気を以て応えるしかないでしょう」

ドンッと拳で自分の胸をウルスが叩いた。

「俺も、おそらくウルスも、リリアーヌさんを好ましい人だと思っている。ただ、愛情とは違うのだろう。マスハス、お前はどうなんだ」

「俺は……」

「その辺りを整理しないと危なっかしくて、とてもじゃないが連れて行けない。すぐ頭に血が上って暴走されたら、こっちが迷惑だ」

ユーグの言葉を聞いて、マスハスは悩み始めた。

と、そんなマスハスの胸を立ち上がったユーグが指先でトンッと突いた。

「一人で自分の胸の中、よーくのぞき込むんだな」

「俺の……胸の中？」

「ああ、そうだ。もっとものぞき込む必要なんて、ない気もするがな」

ユーグがマスハスに背を向けて、寝室から出て行く。

「ただ漏れですからね」

ウルスもユーグに続いて、寝室から出て行った。

一人、マスハスを残して。

†　†　†

「マスハスの様子はどうだい？」

子供の隣に監視するように座っていたリディが、リビングに戻ってきたユーグとウルスへ顔を向けた。

サラとマチルダの姿が見えない。

「あの二人なら、厨房だよ。さっき食べた食事の食器を片付けてくれてる。遅めの食事だったけどね。で、マスハスは？」

勘の良いリディが、尋ねてもいないのに答えた。

「マスハスなら、思春期の真っ最中だ」

「なんだよ、それ？」

ユーグの答えに、リディが意味がわからないと戸惑《とまど》った顔をした。椅子に座ったウルスが、リディの反応を見て小さく笑う。

ユーグもまた椅子に座る。

「それより、これからのことだ」

「これから？　決まってるさ」

「決まってるとは？」

「もちろん、ピエール様の元にこの子供を届けるだけだ」

「だが、君とマスハスはリリアーヌさんとの勝負に負けたと聞いているぞ。その子供をボードワン卿ではなく、両親の元に帰すかどうかの勝負にだ。約定《やくじょう》を破る気かい？」

きっぱりとユーグが突きつけると、リディが言葉に詰まった。

「それはっ……」

「俺達はリリアーヌさんに助けられた。だから今、ここで呑気に話をしていられる。そうである以上、なおさら彼女との約定は破るべきではないと思う。これは信義の問題だ」

「だからって、ボクは……ボクはピエール様に忠誠を誓ってるんだっ。ピエール様には返しきれない恩義があるんだ！」

リディがドンッとテーブルを叩いて立ち上がる。隣で子供が驚いて、ビクッと肩をふるわせてしまう。

「君には君の事情があるんだろうな。だが、こちらにもこちらの事情がある。それはわかるだろう？　肩を怒らせたところで、結論は出ないだろう」

「そりゃそうだろうけど」

ユーグの言葉にリディが、渋々と座った。それを見たウルスが、今度は話し始める。

「まずは現状を整理してから、話し合って良い結論を導き出すべきだと思います」

「当然だな」

「結論って言ったって……」

ユーグとリディの反応は真逆だ。

「まずリディに聞きたいことがある」

「ボクに？」

「ええ。あの馬車には紋章があった、それ自体は不思議なことじゃない。問題はその紋章なんです。あれは、間違いなくフィルベール王子の紋章だった」

「本当か？」

ユーグの確認に、ウルスが大きく頷いた。

「王家の方の紋章です、見間違えるわけがない。マスハスさんじゃあるまいし」

「だとすると、この子を欲しがっているのはフィルベール王子になるな。何者だ、この子供……」

ユーグが考え込む。

ウルスは子供を見た後、隣のリディへ目をやった。

「マスハスさんは、この件にフィルベール王子が関わってることを知っていたのかい？」

ウルスの質問にリディが小さく頷く。

「まったく、あの人らしいというか、そういう大事なことを教え忘れてるって。そもそも、それがどういう意味か真剣に考えないで、女性と子供のためが先に来る……。ま、だから私達は友誼《ゆうぎ》を結んだ気もしますけど」

やれやれと溜息を吐いてから、ウルスはリディを改めて見た。

「リディ、君が知っていることを話して欲しい。マスハスさんから聞いた話だと、君はこの子供の顔を知っていたんですよね。ということは、この子の素性を知っているってことになる、違いますか？」

ウルスの問いかけに、リディは顔を歪めて俯いた。

「それを聞くまで、あの子を君に渡すことは、とてもじゃないができない」

「なっ、話が違うぞっ。マスハスは、ピエール様からこの子を捜しだして渡すように依頼されたんだっ。その代わりに牢屋から出たんだぞ！」

「それはボードワン卿とマスハスさんの話でしかない。私とユーグさんには関係ない、そうだろう？　何しろ私達はボードワン卿と、なんの約定も交わしていないのだから」

「そんな……」

「そして私達は、素性も知らない子供のせいでフィルベール王子と剣を交えかねない危険を冒し、さらには大切な友人を亡くすところだった。とてもではないけれど、事情を聞かないと、はいそうですかと渡す気にはなれない。そうでしょう？」

もっともマスハスは敵が王子だと知った上で、気にせず王子と剣を交える覚悟があったのだろうが。その無謀さには呆れると同時に、ウルスは少しの羨望も覚えてしまう。とはいえ、巻き込まれかけたのだから、文句の一つも言いたいが。

リディを見ると、困り切った顔だ。

中々に聡い子だけに、ウルスの言い分も内心でわかり認めてしまうのだろう。しかし、それだと任務を全うすることができない。

それなら子供の素性を教えてしまえばいいはずだ。

その上で、子供を親元に帰すかどうかの話し合いをすればいい。ウルスとユーグは、マスハスが約束したという、ピエール＝ボードワンに親元に帰すように掛け合うことを引き受ける気はある。

もちろん真剣に交渉する気だが、どうしても聞き入れられない場合は、仕方がないとは思う。それがよほど酷い事情なら、また話が別だが。

その程度のことはリディにも分かっているはずだった。

ならば、なぜ口ごもるのだろうか、聡いリディがだ。

ウルスの頭に一つの可能性が浮かんだ。そこまで分かっていても、教えられないのだとしたら。秘密にしておかねばならない素性だとしたら――。

「知られてはいけない素性……」

「――――！」

リディが、ウルスの言葉に弾かれるように顔を上げた。その仕草でウルスの中で可能性が確信に変わる。

「身分が高い。ここに居てはいけない人物」

「やめろ……」

「もしかして、その子は……いや、だとしたらフィルベール王子の行動もわからなくはないな」

「ウルス、どういうことだ？」

聞かれて、ウルスはユーグに顔を向けた。

「フィルベール王子にとって、排除してメリットがある子供は、ブリューヌ王国には一人しかいないということですよ」

「一人しかいない？」

ユーグが腕を組んで考え込んだ。

そして、ものの数秒で目を大きく見開いた。

「おい、それって」

「ええ、その子供はファーロン殿下としか考えられません」

ウルスが、リディの苦渋の視線を受けながら断定した時だった。

マチルダとサラがリビングに入ってきた。それだけなら、話題を一時止めるだけで問題ない。

さすがに王家の内紛の話題を二人に聞かせるわけにはいかないからだ。

ただ様子がおかしい。

不思議そうな表情のマチルダはまだしも、サラが怯えきっていた。青ざめた顔で、歯がガチガチと鳴るほどに震えている。

「どうしたんですか、サラさん」

「き、来た……来たの」

「来たとは、誰がです？」

「なんで、なんでアイツ、来た……の……」

恐怖からサラは、ウルスの質問にマトモに答えられない。ただ、サラが見知った相手だろうとしかわからない。

怯えるサラの代わりに、マチルダが答えてくれる。

「ええ、お客さんです。なんでもマスハス様に大事な手紙を渡したいとか。お通ししてもよろしいでしょうか？」

「……どうする、ウルス」

サラの様子をユーグも訝しんでいる。

「マチルダさん、客人は一人ですか？」

「ええ、一人です」

「ユーグさん、一人なら何かあっても対処できると思います」

「確かにそうだな」

「マチルダさん、お願いします」

ウルスが答えると、マチルダは会釈してまたリビングから出て行く。怯えるサラを残してだ。

サラはすぐ小走りに入り口から離れると、ウルスとユーグの後ろに隠れた。まるでかくれんぼでもしているかのように屈み、縮こまってだ。

その姿に、さすがにウルスも緊張してくる。

ゴクリと喉を鳴らすと、扉が静かに開かれた。

男が一人居た。男の名も顔も、ウルスは今日知ったばかりだが、深く刻まれている。

「マスハスの野郎は、死んでないかな？」

ガスパールが軽く手を上げて挨拶をする。それは、まるで友人でも訪ねるかのように気軽な姿だった。

†　†　†

「うしっ」

ユーグに言われた通り、意を決して胸の中をのぞき込む。込むが、なんだか見てはならない気がして、顔を背《そむ》けてしまった。

「…………………………だぁぁ。俺がリリーをどう思ってるだって？」

そんなことは言うまでもない。知り合ったばかりだが、気の合う女友達……というのは、やや違う気もしないでもない。

ベッドに腰掛け、マスハスは頭を抱えた。

「いやだからって、なんて言えばいいんだよ。わかんねぇ」

こんなことを、もう十回も繰り返している。

「ったく、なんで俺がこんなことで悩まなきゃならないんだよ。いいじゃねぇか、俺がリリーのことどう思ってようがさ」

思わず愚痴《ぐち》がこぼれてしまう。

「大体、出会ったのだって昨夜だぞ。しかも人がサラと一戦交えようって時に、部屋に乗り込んで来やがってよ」

昨夜の出来事なので当たり前だが、マスハスのアレを見てテンパったリリアーヌの顔を鮮明に覚えている。

しかもその後に、剣を振り回して切り落とそうとした。

「悲鳴上げるんならまだしもよ、ちょん切ろうとかお転婆《てんば》にも程があるぞ、あの女」

お転婆といえば、木登りが得意だと酔竜の瞳亭の二階から、共に飛び降りもした。

「……まぁ、それだけでもないけどな。俺の脇腹の傷、手当はアイツがしてくれたし、ぐずってるあの子をあやして寝かしつけたのもアイツだ。柄にもなく、母親みたいだなんて俺も言っちまったな、そういや」

リリアーヌの優しい笑顔が思い浮かぶ。

確かに、あの時マスハスはリリアーヌに小さい頃の母親の思い出を重ねていた。

もっとも当のリリアーヌは母親のようだと言われて、怒ったが。

その前にはマスハスの優しい笑顔が好きなんてことも言っていた。

「好き、か……」

マスハスのその笑顔は、リリアーヌの母親のような姿を見たからだ。しつこく理由を聞いてきたリリアーヌに、仕方なくそう伝えると思いっきり照れていた。

その後に母親のようだからと言ったら、怒ったのだ。理由を説明すると、今度はマスハスは自分に甘えたいんだとニヤニヤとした。

「コロコロとよく表情が変わる女だよな」

自然と、マスハスは笑っていた。

その後の甘えたい、そうじゃないの押し問答を思い返すと、じゃれてるようにしか思えない。

結局、自棄になったマスハスが膝枕で甘えさせてあげるというリリアーヌの挑発を受けて、彼女の太股に頭を乗せた。

その結果、二人とも固まるという思春期の子供みたいな展開だ。

「思春期か……」

リリアーヌがガスパールの幼馴染みと知った時、どうにも胸がざわついた。そして何より、リリアーヌがガスパールを初恋の人だったと言った時、胸が締め付けられた。

「……クソッ」

マスハスは吐き捨てた。

ようやく、わかる。いやわかっていたことを、認められる、受け入れられる。

「まんま思春期じゃねぇか、俺」

他人に取られて、それでも認められなかった。

青臭すぎる。

ユーグやウルスに促《うなが》されて、ようやくだ。

「ああ、そうだよ。俺はリリー、リリアーヌ＝ヴォジエに惚れてんだ。アイツと居たいんだ」

サラのことは確かに好きだ。好ましく思っている。

だが、それとリリアーヌへの感情は、全く異なっていた。独占したいとさえ思う。他人のものになっていると思うと、胸が締め付けられて苦しく、そして怒りがふつふつと湧いてくる。

――一緒に居たい。矛盾はするが、
そして何より、リリアーヌに笑っていて欲しい、幸せになって欲しい。リリアーヌが幸せになるためなら、なんだってしてやれる。

自分を変えることも厭わない。

マスハスの中で、リリアーヌへの感情が、いままで押しこまれていた感情が、爆発していく。

リリアーヌへの想いが、次々と溢れてくる。

そして、たとえ心の中でも『リリアーヌ』という名前を想うだけで、嬉しい気持ちが高揚する。

改めて、逢いたいと思う。そのためにはガスパールから解放しなければならない。

「そうとも、あのガスパールの野郎からなっ！」

胸の前で、左の手を右拳で叩いて気合いを入れる。

ズキンッと傷が痛んで、思わず呻いてしまったが。

「ほう、いい根性だな」

聞こえるはずのない声が、確かに耳を打った。

ゆっくりと顔を上げると、ガスパールの姿がそこにはあった。

「どうしてここにいやがる」

「見舞いに来たと思うか？」

小馬鹿にしたように、ガスパールが言う。

「見舞いね、山葡萄《やまぶどう》とアケビでも持ってきてくれたのか？」

「王都じゃ、新鮮なものが中々手に入らないんでな。それに、手に入っても俺の女に渡すさ」

ギリッと思わず歯を噛んでしまう。

「ま、そう興奮するな。今日は招待状を持ってきたのさ」

「招待状だと？」

「ああ、そうとも。俺の女を紹介したくてね」

「てめぇっ」

「だが、手続きがまだ済まなくてね。正式に俺の女にするためには、品物が二つばかし足りないのさ。それを受け取る手はずを整えたくて、今日は来たってわけだ」

「品物……一つは、あの子のことか」

「正解だ」

演技ぶってガスパールが、三回パチパチと手を叩く。

「もう一つはなんだ」

「貴様の命さ」

「俺の？」

「そうとも。リリアーヌの中には、面倒な上にしゃくに障ることだが、貴様の影が居座っていてね。貴様のようながさつな貧乏貴族のどこがいいのか、俺にはさっぱりだ」

ガスパールの口からとはいえ、リリアーヌの中に自分がいる。その事実に、小躍りしたくなってしまう。

「にやつくな。どうせ、貴様は俺に殺されるんだ。リリアーヌの中でお前は、絶望の証明になる。そうとも、リリアーヌの前で俺は貴様を殺す。その光景は一生残るだろうよ。そして生涯思い続けるのさ、俺以外を愛した時、その男は死ぬってな」

最低の発想を口にしながら、ガスパールが含み笑った。

だが、笑いに陰がある。

どこか嘲《あざけ》るような、笑いにマスハスは見える。

「……なんだ?」

マスハスの視線に気が付いたガスパールが、訝しむように見た。

「お前、もう自分が後戻り出来ないって思ってないか」

「何を言っている?」

「いやな、自分じゃ楽しそうに笑ってるつもりなんだろうけどよ。なんて言うのかな、ああ、嘲ってるように見えるんだよ、テメェ自身を」

「俺が、自分を嘲るだと……………なんだ、正気か?」

長く言葉を切ってから、ガスパールが顔をしかめて言う。

「いいや、今ので確信したね。お前さ、リリアーヌが知っていたお前から、歪みまくったこと後悔してるだろ。こんな方法でしか、リリアーヌをモノに出来なくなっちまった自分を、恥じてるだろ」

「……想像力が豊かだな。いや、妄想か」

「そうかい？　俺としては推理力って言われたいけどね」

「好きに思うがいいさ。たとえそうだとしても、何も変わりはしない。俺は、お前が目にしている俺以外の何者でもないからな」

「なぁ、お前は昔からリリアーヌを知ってるんだろ？」

「それがどうした」

「アイツは、お前が昔のお前に戻って罪をあがなうなら、許せる女だろう？　待てる女だろう？」

「……………………だろう、な」

　呟くと、フッと険が抜けて柔らかい顔になった。

「昔から、リリアーヌは守る女だ。悪戯した悪ガキを叱った後に、一緒に謝りに行ったりな」

「よくわかってるじゃねぇか。だったら」

「そうもいかないのさ。俺はもう、俺の生き方を決めたからな」

　自嘲しながら言い、また顔に険が戻る。

「リリアーヌには俺の生き方に付き合ってもらうさ。犯し尽くしてな」

「……最低の男だな」

「それでいいのさ。今さらいい人になんて、気持ち悪くてなれるもんじゃない」

「よくわかったよ。で、どうするつもりだ。ここでやるのか？」

「俺の言葉を聞いてなかったのか？　俺は、リリアーヌの前で貴様を殺すと言ったはずだぞ。それに俺は手下を連れて来てないんでね、さすがに多勢に無勢だ、分が悪い」

ガスパールの背後には、緊張した面持ちのユーグがいた。ウルスとリディは、子供を守るように立っている。

「そうそう。俺が帰らないと、リリアーヌの命はないからな。丁重に扱って欲しいもんだ。猛り狂って、殴りかかってきたりするなよ？」

「誰がするかよ」

「どうかね、貴様は短気そうだからな」

「うるせぇ。で、俺の命をどう取る気だ？」

「なに、話は簡単だ。今夜、フィルベール王子の屋敷へ来い。もちろん、あの子供を連れてだ。そうすれば、貴様に俺と戦う機会を与えてやろう。もちろん、一騎打ちだ」

「それを信じろってか？」

「信じるしかないだろ？」

ガスパールの返答に、マスハスは反論が一切できずに舌打ちした。

「ま、本当はもう少し傷が癒えるまで待ってやりたいところだが、スポンサーが煩くてね。それに、俺としても早く正式に自分の女にして犯し――おっと抱きたいからな。禁欲は身体に悪くていけない」

臆面《おくめん》も無く言い放つと、ガスパールはマスハスに背を向けた。そして、ユーグのことなど気にもとめず寝室から出て行く。

いや、一歩踏み出たところで立ち止まった。振り返らずに、マスハスへ恐ろしいことを伝えた。

「そこの子供が手に入らないと、リリアーヌが俺のものにならないとは言ったな？」

「ああ」

「俺のスポンサーは心がねじ曲がった最低の男でね。貴様は俺が最低だと言うがね、あの旦那を知れば下には下がいると思い知らされるだろうよ。ま、そんな最低な旦那だがね、子供が手に入らない時は、逃がしたリリアーヌに罰を下すと息巻いてるんだよ」

「罰、だと……」

「何しろ、相当酷い加虐趣味な旦那だからな。鞭打ちなんて程度を越えて、顔面の半分を焼くだのなんだの、聞かされてるだけでげんなりだ。徹底的に絶望させてから、最後には結局殺すらしいしね」

ガスパールの説明に、マスハスは、いやマスハスだけでなく他の全員も言葉を失う。

「そういうわけだから、品物はちゃんと持ってきてくれよ。リリアーヌが、産まれたことを後悔しながら死なないように、な」

今度こそ、ガスパールは出て行った。

その背中を呆然と、皆が見送る。

いや一人、マスハスだけが怒りと哀れみに揺れ動きなら、複雑な視線を向け続けていた。

† † †

「はぁぁ……生きた心地がしなかったんだけど」

サラが、大きく大きく息を吐きながら床に手を突いた。子供は怯えた様子で、リディにしがみついたままだ。リディは幾分迷惑そうな顔をしているが、突き放すようなことはしていなかった。

「ガスパールの野郎の話、みんな聞いてたな？」

マスハスが、リビングの椅子に座り、一同を見回した。子供をのぞく全員が頷く。

「なら、その子を連れて今夜、フィルベール王子の屋敷に乗り込む。いいな？」

リディが、予想通り文句を言おうとする。が、それが言葉になる前にマスハスが言う。

「お前が反対なのはわかる。ボードワンとの約束を破ることになるからな」

「わかってるんじゃないかっ。だったら、ピエール様のところにこの子を連れて行って、相談すればいい。あの方なら力になってくれる」

「無理だな。ヤツは俺の家を知ってたんだぞ」

「それがどうし――あっ」

「そうだ。見張られてないわけがない。俺達がボードワンの所へ行ったら、すぐ報告が上がるだろうよ。それでもうリリーの命は無いも同然だ」

　リディが歯ぎしりして俯いた。

「リディ、俺はさ、今回のことでまた牢屋にぶち込まれてもいいと思ってる。ま、ボードワンの野郎に、なんとか勘当《かんどう》されてるってことにして、ローダント家に被害が及ぶのは勘弁してくれって頭を下げるつもりだけどな」

「ちょっと待て、マスハス」

　ユーグがマスハスを見た。その視線を正面から受け止めながら、マスハスは一度頷いてから口を開いた。

「罪名は想像も付かないが、罰を受ける。最悪、死罪も覚悟だ。その覚悟を決めた上で、俺はリリーを救いたいって言ってる」

　マスハスの覚悟を聞いて、ユーグは何も言えなかった。

　ウルスは、ただ一言だけ「手伝います」と口にする。

「リディはどうする。無理に付き合ってくれとは言わないぞ」

「ボクは……ボクは……ボクだって、リリアーヌを助けたいに決まってるだろっ。でも、ピエール様への恩義もあって、ボクはどうすれば…………いいんだよ」

力なく項垂《うなだ》れる。その瞳からポッポッと涙が零れだす。そして、震える声でポッポッとしゃべり出した。

「やなんだよ。ボクもう、目の前でお姉さんが、酷い目にあって……ボクのせいで殺されるの、やなんだよ」

突然の告白に、男達は全員どうしていいかわからず、何も言えなかった。ただサラだけが、リディに駆け寄ってそっと髪を撫でる。

「リディちゃん、どうしたの？　無理しないでいいんだよ？」

「ボクね、家族とキュレネーって国から、逃げてきたんだ」

「キュレネー？」

サラにはわからなかったようだが、マスハス達は一応知識としてその国の名は聞いたことはあった。ブリューヌ王国とは交易もほとんどしていない、ムオジネルより更に南方の国だ。

もっとも、知識といってもその程度しか知らない。

そんな国から、リディはやって来たという。

「本当はサレハって貴族の家だったんだけど、国を捨てて逃げたんだ」

マスハスにはなんとなく見当は付く。おそらくは宮廷の抗争に巻き込まれて、敗者の側になってしまったのだろう。

ガスパールの家と同じだ。

「でも、盗賊に……盗賊に襲われて、お父さん達は殺されちゃって、ボクとお姉ちゃんも捕まって……連中は、ボク達が商品になるまで飼うって」

「飼う……そんな辛い思いをしてるんだ」

サラがあまり驚きもせずに、リディの言葉を受け入れた。

ヤリーロの艶髪街に生まれ育ったサラにとって、人さらいや人身売買は遠くの話ではなく、身近、ごく親しい話なんだろう。

「ある時ね、お姉ちゃんがボクだけを逃がそうとしてくれたんだ。こんな所にいたらボクがダメになるって、貴方だけなら逃げられるって……でも、でもボク、最後の最後で恐くて、身体が動かなくて、捕まっちゃって」

「そんなに自分を責めないで。リディちゃん、まだ幼かったんだよね。仕方ないわよ」

「九歳、だった……グスッ……そしたら連中、ボクの前で逆らったらこうなるって、お姉ちゃんを無茶苦茶にして、そして、そして――」

「もう良いわ、言わないで、いいの。わかったわ、リディちゃんが辛い思いをしたの、よくわかったから」

サラが、優しくリディの頭をかき抱いた。そっと髪を撫でる。リディがサラの胸で、ひっくひっくとしゃくり上げた。

リディの話の結末は、確かに聞かなくてもマスハス達にはわかった。

散々に犯されオモチャにされたあと、リディへの見せしめとして殺された。それは惨い光景をリディは見させられたはずだ。一生涯、重荷になるような光景を、だ。

そして、何かの事件があってボードワンに拾われて、今に到るのだろう。大方、討伐された盗賊団の処断をボードワンが行い、その時に拾った辺りか。

その恩義は地獄から救い上げてくれたのだから、リディにとって果てしなく大きかった。

だが同時に、自分のせいで嬲《なぶ》り者にされて殺された姉の光景も焼き付いている。

今、ボードワンの命令に従えば、目の前ではないが、フィルベールによって同じ光景が繰り返されるとリディは知ってしまった。

まだ十三歳の子供に過ぎないリディに、この選択は幼い心が引き裂かれそうだった。

どちらを選んでも、後悔しかない。

トンッと小さな足音がした。

なぜか、その小さな音が気になった。

音へ振り向くと、子供が椅子から降りてリディの手を引いていた。

「な、なんだよ」

リディが、真っ赤に泣きはらした目を、子供へ向けた。

子供は、口をパクパクと何度も開閉した。必死に、言葉を紡ごうとしている。

「無理すんなよ、どうせ喋れないんだろ？」

「あ、あー」

必死に喋ろうとしている。何度も何度も喋ろうとして、ポタポタと涙を落とした。

「泣くなって、なぁ、泣かないでくれよ」

釣られて、また涙を零し始めたリディが、懇願する。

そんなリディに、子供が首を大きく左右に振った。

ぎゅっと目を閉じてから、深く深呼吸をする。

「あ――ああ――――――ぼ……ぼ、く………」

言葉が漏れ出た。

「お、おいっ」

「僕……い、く。おねえ、ちゃん……優しい、おねえちゃん」

はぁはぁと子供が息を吐いた。

みんな、固唾《かたず》を呑んで子供を見つめる。

「優しいお姉ちゃん、僕、助けたいっ。だから、だから、リディお姉ちゃんに、僕は、命令する！」

言葉の堰が切れた後は、一気だ。勢いよく、言葉が飛び出していく。

「命令……」

「そう。僕は、リディお姉ちゃんに命令する。リリアーヌお姉ちゃんを助けるのを、手伝え！」

「あ、あぁぁ……行きます、ボク、リリアーヌを助けに行く、行っていいんですね」

崩れ落ちたリディが、子供を見上げた。

まるで主従のようにだ。

この場にいた全員が、マスハスも、ユーグもウルスもサラも、感動していた。この子が、リディを救ってくれた。

一人、新たな闖入者《ちんにゅうしゃ》を除いてだ。

「いや、それは困りますね」

ピエール＝ボードワン、その人がリビングの入り口に、立っていた。

その背後には十名の部下が控えている。しかも、一人が勝手に入ってきたボードワン達に抵抗したのだろう、マチルダを壁に押しつけている。

「ボードワン、いつの間に！」

「なに、部下から取り込み中と聞いたので、勝手だが入らせてもらった。よくやったぞ、マスハス。五日の期限だったが、三日で解決してくれるとはな」

「鍵はどうしたんだよ」

不機嫌を全く隠す気なく、マスハスはボードワンを睨んだ。

「密偵という職業は鍵開けも得意だ、当然だろう？」

「不法侵入で訴えてやろうか」

「なに危急《ききゅう》の時だったのでね。陛下も必ずやお許しくださる。何しろ、陛下の愛するファーロン殿下をお救いするためだからな」

聞き捨てならない名前を、ボードワンが口にした。ブリューヌ王国国王バスティアンの第一王子ファーロン。フィルベールと異なり、正真正銘の何一つ問題のない王子、いや王太子であり、将来の国王が決定されている人物だ。

「……殿下が、なんで関係するんだ」

聞かなくてもわかってはいる。だが、認めたくはない。その思い、いや願い一心でマスハスは尋ねた。

「ふむ、あまり無駄な会話はしたくはないが、現実を認められないのであれば仕方ないな。いや、知らないのであれば情状酌量の余地もあるが故《ゆえ》に演技か……そこまで小ずるい男ではないか。いいだろう、そこにおられる方こそ、ファーロン殿下その人であられる」

ボードワンが、子供――ファーロンの前に跪いた。

絶望で、マスハスは目の前が真っ暗になる。

ここで強引にファーロンをさらってフィルベールの家に連れて行くことは――チラリと入り口にたむろしている、ボードワンの部下十人をマスハスは見た。

不可能だろう。

一人であの十人を突破できるとは思えない。

王太子をさらうなんて行為に、ユーグやウルスが賛同するとは思えないし、巻き込むわけにもいかない。彼らにも家があり、家族があり、領民がある。王太子をさらうことは、もはや叛逆だ。ボードワンを説得することも、不可能だろう。この怜悧《れいり》にして冷徹な男が、情にほだされるとは、とても思えなかった。

「諦めろ」

マスハスの心中を知ってか知らずか、ボードワンがファーロンに傅いたまま振り向きもせずに淡々と告げた。

「……何をだ」

「報告は上がっている。リリアーヌ＝ヴォジエが、フィルベールに囚われているそうだな」

「ああ、そうだ、そうだよっ」

「ヴォジエ家のことは簡単にだが、調べてある。家の規模にはそぐわない負債を抱え、娘をフィルベールに売り渡すことで、なんとか破産を免れた状況だ。もっとも一年後か二年後には破産するだろうがな。さて、どこの貴族に吸収されるか」

「なっ、リリーが犠牲になって生き延びるんじゃないのか？」

「無理だろうな。まだ返済が必要な借財が幾つかあるようだ。彼の地の耕作地は、疫病《えきびょう》等々で荒れ放題だ。立て直す資金もないとなると、返せるとは思えないな」

「…………………意味、ないじゃないか」

「さて、意味があるかどうかを決めるのは、王都の我々ではないからな。一年、先送りすることに意味を見いだす考え方もあるだろう。どのみち――」

ボードワンが、ようやく立ち上がりマスハスへと振り返った。

「あの女は元々、自由の身ではない。貴族の令嬢どころか、奴隷に近い。所有者の下に戻ったにすぎない。諦めろ」

眉一つ動かさず、冷酷に言い渡す。

その言葉にマスハスは、反論出来なかった。反論する言葉はある、リリアーヌが、あのよく笑い、表情がコロコロ変わる快活な女が、奴隷なわけがない。

が、そんな言葉は口にしたところで無意味だ。

彼女を自由にしなければ、何を言っても意味が無い。

そして、今のマスハスには彼女を自由にする力も方法も、無い。

ただ、拳を握り震わせることしかできない。

「ふむ、貴公も幾分聞き分けがよくなったようだな。結構なことだ」

満足の言葉を、全く満足そうな顔をせずにボードワンが口にした。

詰んでいた。誰もが状況を把握して、押し黙り固まっている。その中で、ボードワンだけが平然とした顔で喋り、動いていた。

いや一人、状況を分かった上で声を上げ、状況を変えるべく動いた。一人だけ、この状況を変えうる力を持っている者が、いた。

「ボードワン、僕はイヤだ」

ファーロンが緊張した面持ちで、決意漲る声を上げた。

「…………………………………………………………は？」

たっぷり五回ほど呼吸しただろうか、ようやくボードワンが、およそボードワンらしくない間抜けな声で返す。

だが、ファーロンはそんなボードワンを置き去りにして、マスハスの下に駆け寄った。そして、手を握る。

「僕、お姉ちゃんを助けたい。イヤだ、お姉ちゃんを酷い目に遭わせたくない？　お姉ちゃん、殺されるんでしょう？」

「あ、ああ……そうだ」

「僕、恐くて悲しくて、なにも喋れなかった。震えが止まらなかった、いっぱい人が殺されるの思い出して、ホントに恐かった。そしたらお姉ちゃんが抱きしめてくれた。ううん、恐い人の所からも助け出してくれた」

「殿下……」

「だから、今度は僕がお姉ちゃんを助けるっ。だって、僕も男の子だから」

恐くて震えている。それでもファーロンのマスハスを見つめる目は、決意に満ちていた。子供ではなく、決断した男の瞳だ。

マスハスは、ファーロンに向かって屈んだ。

同じ視線の高さで語りかける。

「ありがとな、殿下。殿下の思い、確かに受け取ったぜ。俺もリリーを助けたい、自由にしてやりたい。殿下も同じ思いなんだな」

「うんっ！」

「なら俺達は今から共に戦う仲間だ」

右拳をファーロンの前に突き出す。不思議そうな顔をしたファーロンに、マスハスは微笑んだ。

「拳を殿下も出すんだ」

「う、うん」

素直にファーロンが左拳を上げた。

拳と拳を突き合わせる。

「戦士と戦士は、こうやって仲間になるんだ。覚えときな、殿下」

「戦士……僕が戦士、うん、わかった！」

パァーーーッと子供らしい笑顔を顔中に咲かせて、ファーロンが答えた。その前でマスハスがサイコロを振る。

「これは？」

「占いさ。お、女難か。なら縁起がいい」

「いいの？」

「そうとも。行くぞ」

「うん、行こう！」

マスハスは立ち上がり、ファーロンの手を引きながら歩き出す。

その横を通っても、ボードワンは全く想定していなかった事態に固まったままだ。焦点の定まらない目で、虚空を見ている。

そんなボードワンを余所に、リディがマスハスに駆け寄った。

「あいつ置き去りにしたままで、いいのかよ」

「置き去りにはしないよ。だから先に行っててくれ」

「……わかった。で、お前らはどうするんだ？」

リディの頭に一度、ポンッと手を置いてからマスハスは、ウルスとユーグに顔を向けた。

「聞くまでもないでしょう。私達も命令を聞いてしまった以上、ブリューヌ王国に剣を捧げた身として従うしかありません」

「全くだ。臣下として、殿下の身は絶対に守り通さないといけないしな」

リビングの出口に着く頃には、ウルスとユーグも合流してきた。

「お前ら、ホントにそんな使命感だけか？」

「どういう意味ですか？」

ウルスにニヤリとマスハスは笑う。

「幼い王子と共に戦う騎士なんてのは、吟遊詩人が歌うかどうかってレベルの美味しい状況だからな」

「そんな不謹慎なっ」

「いや、マスハスの言う通りだ。ははっ、無事戻った暁には、周りに自慢できるな」

気色ばんだウルスの腰を叩いて、ユーグが肩を揺らして笑う。

「マチルダ、サラと留守番を頼む」

「ええ、もちろん。ご武運をお祈りしてます」

「マスハス、リリアーヌを絶対に助けなきゃダメだよ？」

「ああ、もちろんだ」

マチルダとサラへ、ドンッと胸を叩いて返し、マスハスは外へ踏み出した。

† † †

ピエール＝ボードワンが、ただ呆然と立ち尽くしていた。

彼の部下達といえば、今まで目にしたことのない、想像すらしたことのないボードワンの姿に、オロオロとするばかりだ。

ボードワンは行動する時は常に、策によって人を動かすよう心掛けてきた。もちろん、動かせない相手もいる、策が空振りに終わる時もある。

ただそれは想定内だ。

自分が相手を意のままに動かせると考えるほど、思い上がった自信家ではない。謙虚とまでは言わないが、自分が完璧な人間でないことなど、百も承知だった。

だから絶えず失敗の可能性も念頭に置いて行動する。

そのことが、彼を宮廷でも冷静沈着と評判の官吏たらしめている。

だからこそ今、ボードワンは固まっていた。

彼の頭の中に、ファーロンという要素は全く入っていなかった。ファーロンのことを、一要素としか念頭に置いておらず、人間として捉えてはいなかった。

今回の事態は、ゲームの駒を動かしたら、駒が勝手にしゃべり出し、自分の意志で動き出してしまったようなものだ。

用意周到に生きてきたボードワンにとって、突然の異常事態だ。慣れない突発的な出来事に、頭の中が混乱して真っ白になっていた。

そして、それは彼の部下達もまた同じだった。

そんな混乱して何の対処も取れていない主従がいる部屋の中で一人、冷静さを保っているのが、マチルダだった。

サラは、マスハス達のことが心配で、そちらにしか思考が行っていない。

マチルダがボードワンの前に立った。反応を示さない男に、ゆっくりと会釈してから、話しかけた。

「いいんですか?」

「――」

「勇敢な王子様を放っておいて、本当にいいんですか? 援軍の一つでも送るべきだと、私は思いますけれど、ボードワン卿」

ボードワンがピクッと動いた。

瞳に知性が戻って来る。

「……貴方の言う通りだ。醜態をお見せした」

ばつが悪かったのか、コホンと軽く咳払いして部下達の下へ向かう。そして一人の部下にテナルディエへ密かに騎士を出す手配を依頼し、残りの部下にファーロンを追いかけ、連れ戻すように指示を出す。

と、玄関の壁に寄りかかっていたリディが、ボードワンの前に出た。

「……リディ、何か用かね？」

「ボードワン様、申し訳ありません。ボクも、リリアーヌを放っておけないんです。助けたいんです。だからボクは、ボードワン様の命令に逆らいます」

　リディの言葉を聞いたボードワンが、捨てるかのように置き去りにして歩き出した。

「ボードワン様……ボクは」

　呟くリディに振り返らずに、ボードワンが口を開く。

「おかしなことを言う。殿下のご命令が降りたのだ。私とて、リリアーヌを救わねばならない。彼女を助けることこそが、私の命令なのだ。リディ、お前は優秀な部下だ。手伝ってもらうぞ」

「ボードワン様！」

　リディがその背中に駆け寄る。見上げたボードワンの顔には、見慣れた人間にしかわからないくらいの差だが、優しい微笑みが浮かんでいた。

　そしてリディは、華やぐような喜びに包まれていた。

第六章　ガスパール

ヤリーロの艶髪街《アマシュ》からそう遠くない場所に、フィルベールの屋敷はあった。太陽は既になく、細い月が空に浮かんでいた。

マスハスとファーロンの姿を見ると、あまり趣味がいいとは言えない豪勢な門が開いていく。

衛兵の一人には見覚えがあった。

ガスパールの部下が、衛兵を買って出ているようだ。

「行くぞ」

「うん」

マスハスに手を引かれて、ファーロンが歩く。

前にはユーグがおり、後ろにはウルスがいた。リディは、フィルベールの屋敷が見えた頃には、もう姿を消していた。もちろん、屋敷に人知れず潜入するためにだ。

噴水や女性の裸体像が無造作に並ぶ中を衛兵に案内されて進み、屋敷の中に通された。

屋敷の玄関ホールは、天井はドーム状に湾曲しており、かなりの高さがある。それだけの空間を明るく照らす、無数の灯りが置かれていた。

両脇には円柱が並び、その奥には鎧や武器が飾られている。

床一面に、贅沢にも分厚い絨毯が敷かれており、歩く際の反動が少々居心地悪い。

奥には大きな両開きの扉があった。扉の表面は、灯りに照らされてゆらゆらと輝く金や銀、宝石で華美に過ぎる装飾がなされている。

大きな取っ手も、黄金色に光っている。

その扉が給仕達《きゆうじ》によって、左右に開かれた。

「ふむ、素直にファーロンを連れてきたようだな」

ファーロンの姿を見たフィルベールが、満足そうに頷《うなず》いた。ゆったりとした赤い生地のガウンを羽織り、裾を引きずりながら歩いて来た。

ガウンの下は、肩幅を強調した上着と細身のズボンで、フィルベールの痩せた肉体をむしろ強調してしまっている。脚に筋肉はほとんどないように見える。

「ガスパール、貴様の言った通りになったな」

「だろう？」

一歩後ろに、ガスパールの姿があった。

「これでリリアーヌは正式に俺のものでいいな？」

「慌てるな。ファーロンを我が手元に置いてからだ」

フィルベールが、妖しい目でファーロンを見た。さすがに恐くなったのか、ファーロンはマスハスの後ろに隠れる。

「ククク、その男の背に隠れても無駄だぞ、愚弟よ。その男は、貴様よりも女を取ったのだからな」

「大丈夫か？」

ファーロンのマスハスの手を握る力が、ギュッと強くなる。

振り返らずに声を掛けると、思いのほか気丈な声が返ってきた。

「う、うん、僕、負けない」

「よし、良い子だ。俺が教えたこと、覚えてるな？」

「はいっ」

道中、マスハスはファーロンに幾つかのことを教えていた。間違いなく、王宮では教わらないようなことをだ。ウルスはあまりいい顔をしていなかったが。

「さてと。おい、ガスパール」

「うん、なんだ？」

「さっさと俺をリリーの所へ連れて行け。アイツの前で一騎打ちをするんだろ」

「随分と気安くリリーと呼ぶじゃないか。昔の俺か、お前は？」

「さあな。少なくとも今のお前より、俺の方が昔のお前に近いかもよ」

「言ってくれるな。否定はできないがね」

ガスパールが、小さく、遠くへ喋った。が、すぐに笑う。

「さて、俺の方もそろそろ我慢の限界でね。何しろ、リリアーヌが手に入るとわかってから、女を抱くどころか、自己処理もしてないんだ」

ガスパールが演じるように語り、フィルベールの前に出た。マスハスについてこいと顎で誘うと、右方向に歩き出す。

ホール右側にも、正面ほどではないが大きな両開きの扉があった。

給仕達が慌てた様子で、扉を開ける。奥にも無数の灯りが見えた。真っ直ぐ奥へと進む回廊が延びている。

マスハスはファーロンの手を放すと笑顔を向けた。

「頑張れよ」

「うんっ」

その小さな頭をポンッと叩く。

王太子の頭を叩くなんて体験は本来あり得なかったろう。貴重な経験だった。

そんなことをふと思ってから、ユーグとウルスに視線を向ける。

二人とも、静かに頷く。

その瞳はマスハスとは違って、間違いなく王家に忠誠を誓った真っ直ぐな騎士のものだ。少しばかり安心して、マスハスは右の扉の前で待つガスパールの元に向かった。

マスハスが側まで来ると、ガスパールが回廊を歩きはじめた。

回廊は中央部にだけ絨毯が敷かれている。玄関ホールほど、分厚くはない絨毯だ。天井はそれほど高くはない。

屋敷の内側には外側にあるそれより大きな窓が開いていて、中庭をよく見ることができた。

「今生の別れは済んだようだな」

前を行くガスパールが、背中越しに話しかけてくる。

「悪いが、そんなつもりはないな」

「はっ、その傷で俺に勝てると思ってるのかい。中々に自信家だね」

「サイコロを振ってな」

「サイコロだ？」

「ああ、サイコロだ。出目《でめ》は女難だったよ」

「女難？　女のせいで死ぬってことだろうが。なんでそれで勝てるなんて思うのかね」

意味がわからないと、ガスパールが肩をすくめた。

ガスパールにはわからないだろう。牢屋でボードワンの依頼を受けた時、サイコロを振った。

そこで出た目が、女難だ。

おかげでマスハスは、リリアーヌと出会えた。

だったら、この女難の目は、リリアーヌとの絆の目だ。

この目が出たのなら、マスハスとリリアーヌの絆は切れていない。

マスハスは、不思議と素直にそう信じることができていた。

ガスパールが立ち止まった。

回廊の奥にまた両開きの扉がある。

「この奥の棟に、リリアーヌを監禁している部屋がある」

説明を口にしながら、ガスパールが扉を開いた。

天井が低い四角い小さめのホールが広がっている。ここも、多くの灯りで照らされている。

その灯りの下で床に敷き詰められた絨毯と簡単な調度品、そして石壁を隠すカーテンが照らされいた。

左手には回廊に繋がるであろう扉もある。

そして右側には階段があった。

「上るぞ」

ガスパールが階段を上り始める。二階にも階段がある。そして三階もだ。全ての階は小さな踊り場と、階のほとんどを占める鉄の扉が付いた部屋が一つ設置されている。牢屋のようにしか、マスハスには見えなかった。

「何階まであるんだ」

「五階だ。リリアーヌは五階の部屋に監禁されている」

「監禁にはうってつけな塔だけどよ……」

「フィルベールの旦那が調教前の女を監禁するんだよ」

「調教だと？」

「そうか、貴様は知らないのか。フィルベールの旦那は、女衒《ぜげん》もやっててな」

「女衒？　あれでも王子だろ」

「ああ、そうさ。王子の立場を使ってやりたい放題さ。ヤリーロの艶髪街から気に入った娘や人妻を誘拐して犯すだの、金に困った貧乏貴族の娘を買い上げて犯すだの、な。そして飽きたら、娼館《しょうかん》や金持ち、時に貴族に売り飛ばすのさ」

　あまりと言えばあまりの非道な行為に、マスハスは言葉を失った。ガスパールは、慣れてしまっているのか、平然と話を続ける。

「特に貴族の令嬢は大人気だぞ。基本、旦那が堪能した後だから処女ってわけにはいかないが、金持ち達がこぞって買う人気商品だ。誘拐してきたのと違って、実家のためにと納得して売られた連中だからな、危なくないし箔も付く」

「ボードワンからリリーの事情は聞いてたが、まさか商売として大々的にやってんのかよ。誘拐なんて真似《まね》までして」

「ああ、そうだ。もちろんヤリーロでやる時は俺が引き受けてるからな、旦那はお得意様ってわけだ。おかげでリリアーヌが買われてくることも、先に知ることができたって寸法だ。だから安心しろ」

「なにをどう安心しろってんだよ」

「言ったろう、この屋敷に連れてこられる女は、旦那が全員犯して楽しむってな」

「――っ」

「ただ、リリアーヌは俺が事前に知り得た。旦那には手を出させてない、アイツはまだ処女だよ。もっとも貴様には関係ない話だがな、俺以外に触らせる気もないし、何より俺が初めてを奪う予定だからな」

「まだ決まったわけじゃねぇだろ」

唇を尖らせたマスハスに、ガスパールが振り返り蔑み笑った。

「好きに思うがいいさ。ああ、そうそう、正直焦ったぞ」

「何にだよ」

「ピエール＝ボードワンが貴様の家に入ったことだ。報告を聞いてな、ファーロンを連れて来られないと思ったのさ。最悪もう一度、ファーロンを誘拐することまで考えたぞ」

「………ま、真摯《しんし》に説得したらわかってくれたってとこだ」

「それを信じろと？　ま、結果的に連れてきたからいいがね。さて、最上階だ」

最上階も作りは他の階と同じだ。

ただ確かにこの階にリリアーヌがいることを示唆するように、彼女の剣が立てかけられていた。

「この踊り場で決闘ってわけにもいかないからな、中に入るぞ」

　ガスパールが、懐から鍵を取り出した。

　その直後、小窓から男の悲鳴が聞こえてきた。玄関ホールから、ここまで聞こえるほどの絶叫だ。

「旦那の声、か？」

　ガスパールが、ハッとしてマスハスに振り返る。

「貴様、なにか仕込んだのか？」

「仕込む？　そんな上等な話じゃねぇよ。ただちょっとばかし、坊主に喧嘩の仕方を教えてやったんだよ。どんな野郎でも悶絶する方法を、な」

†　†　†

　フィルベールが、ファーロンの前で股間を押さえながら崩れ落ちた。泡を吹き、ヒクヒクと痙攣をし始める。

「やるじゃん！」

　先に潜入してカーテンに潜んでいたリディが、飛び出してきた。リディがどこに潜んでいるかはわからなかったが、どこかにいる。その確信はみな持っていた。

　狼狽する衛兵の足を短剣で切り裂く。そのままファーロンの手を引き、ユーグたちのもとへ走った。

さすがに数名の衛兵が追ってくる。

ウルスとユーグが、リディと入れ違うように飛び出して、衛兵を撃ち倒すと、二人が剣を奪う。ウルスはすぐに身を翻《ひるがえ》して、リディとファーロンの後を追った。

ユーグは、混乱する給仕や衛兵を更に追い払っている。

「しかし、本当に成功するとはな。とても一国の王子がやることとじゃないぞ、これ」

ユーグも身を翻して、ウルスの背中を追いつつ呆れたとも感心したとも付かない声で言う。

ファーロンが前に来ると、フィルベールが舌なめずりをするように顔を歪めて笑った。八歳の子供が抵抗するなど、欠片も考えていなかった。いや、もし抵抗したところでたかが知れていると思ったのかもしれない。

とにかくファーロンに対してフィルベールは無防備だった。

そのフィルベールの股間を、ファーロンはマスハスに教わった通りぶん殴ったのだ。その痛みで腰が落ちた所を、さらに蹴り上げた。

嫌な音がしたが、さすがに子供の力でフィルベール唯一の存在価値を潰すまでには到っていないだろう。ただあまりの痛みに、フィルベールの意識は飛んでいた。

これがマスハスがファーロンに教えた方法だった。

本当に出来るのかと疑問を口にしたウルスに、マスハスは自信満々の顔で言った。

『あのボードワンに楯突く、何よりリリーを助けるために死地に赴く勇気があるんだぜ。出来るに決まってるさ』

結果は、マスハスの言う通りだった。

「なぁウルス、殿下に金的教えたなんてことがバレたら、俺達怒られる程度じゃ済まないんじゃないか？」

ユリディとファーロンに追いついて、ユーグが不安をこぼした。

「平気なんじゃないですか。ここが男にとって最大の弱点だなんて、殿下に教えてくれる人はこの先いないでしょうし、それに王国の将来のためには絶対に守って貰わないと困る箇所ですからね」

金的攻撃をした経験のある王族なんて、過去にもこの先にもファーロンだけなんじゃないだろうか。そんなことを想像して、ウルスは思わず笑ってしまった。

その笑みを見たユーグが、意外そうな顔をした。

「ウルス、お前さ」

「なんですか、ユーグさん？」

「マスハスに似てきたんじゃないか」

「……勘弁してください」

心底、ウルスは答えた。

玄関から外に出ると、ボードワンが騎士を引き連れて屋敷に流れ込む姿が見えた。ガスパールの部下達が抵抗しているが、時間の問題だろう。

「リディ、殿下を頼むぞ」

「わかった」

ユーグの言葉に、リディが答えてファーロンの手を引き騎士へ向かう。

「私達は早く合流しましょう！」

「そうだな、マスハスを捜しだして助けるぞ」

ユーグとウルスは、互いに強く頷いた。

†　†　†

「ンーーーーーーーー！」

監禁部屋の奥に、リリアーヌはいた。

猿ぐつわをされた口で、必死に何事か叫んでいる。

さらに手錠をはめられ、右足には鎖付きの足枷が嵌められている。鎖は部屋の奥の壁に固定されていた。数歩程度の距離しか歩くことは出来ないほどの、短い鎖だ。

「なに、本来は部屋を歩き回れる程度の長さだ。さすがに決闘の邪魔されるのは勘弁なんでな、今は短い鎖を使ってる」

視線に目ざとく気が付いたガスパールが、軽く説明した。マスハスは確認するように、部屋の中を見回した。部屋の中は、広間といって差し支えのない広さだ。灯りは、玄関ホールや回廊よりもかなり少なく、部屋の中は仄暗かった。

小窓は一つ、両手を広げた程度の大きさしかない。

リリアーヌの隣に、粗末な寝台が置いてある。また左奥に小さな樽が置いてあった。

「さてと、下がなにやら騒がしいし、さっさと始めるとしようかね」

ガスパールが剣を抜いた。放り投げた鞘が、カランカランと石の床に音を立てて転がる。

マスハスは、鞘から剣を抜いた。そして鞘を腰のベルトに戻す。

それからゆっくりと、身体の前に剣を立てた。

仄暗い部屋の中でも、刀身が強く、まるで自ら光るように輝く。刀身に映るのは、マスハス＝ローダントの顔だ。

『百五十年前に滅んだカディス王国で鍛えられた名剣ロシナンテ』、ローダント家に代々伝わる宝剣だ。

勘当《かんどう》同然に家を叩き出されたが、なぜか父親はこれをマスハスに渡した。

その行為はローダント家の跡取りとして、必ず生きて帰ってこいという思いが籠もっていたのかもしれない。

ならば、今この剣には自分の思いだけではなく、父親の思いも籠もっているはずだ。

「何度見ても、いい剣だな。安心しろ、貴様を殺したら俺が貰ってやるよ」

「ハッ、お前にロシナンテが使いこなせるもんかよ」

「聞いたこともないちっぽけな貴族に使えるんだろ。ダーナル家の当主である、俺に使えないわけないさ。そうだな、俺のものになるんだ。正式名称を聞いておこうか」

「……『百五十年前に滅んだカディス王国で鍛えられた名剣ロシナンテ』だ」

「カディス王国？　大昔に滅んだ大国か。なるほどね、零落したダーナル家の当主が振るうには相応《ふさわ》しい剣じゃないか」

「同じにすんじゃねぇ。没落して拗《す》ねて、誇りを捨てて裏に落ちたお前とは、似ても似つかねぇんだよ。ロシナンテは、生まれた国が滅んでも、輝きを失っちゃいない。お前のように濁っちゃいねぇんだよ！」

声を張り上げ、マスハスはロシナンテを構えた。

身体に力を入れて腰を落とすと、傷がズキズキと痛んだ。

ガスパールが、気を放つ。

負けじと、マスハスも気を放った。力を入れると、やはり傷が痛む。

睨《にら》み合いながら、ジリジリと互いに位置を変える。牽制し合いながら、相手よりも有利になろうと動くのだが、牽制し合う中で結局は同じになる。

それがわかりきっているのに、ガスパールは積極的に位置を変えた。当然、マスハスも付き合わざるを得ない。

その意図は、すぐにわかった。ガスパールが、鞘を蹴り飛ばした。クルクルと回転しながら石の床を滑り、マスハスの足下を襲う。

「クソッ！」

跳んで避ける。その着地へと、ガスパールが身を屈めて飛び込んだ。下から、斬り上げる。

マスハスはのけ反りながら後ろへ跳んだ。

脛をガスパールの剣がかすめた。そのまま後ろ手に床を突き、さらに回転して跳ぶ。

追撃、ガスパールが更に跳び、剣を薙いだ。跳んだマスハスの髪をかすめ、数本がパラパラと舞った。

着地して、マスハスは即座に横へ転がる。ガスパールの剣が、虚しく宙を斬り裂いた。

剣の柄で床を蹴った勢いで立ち上がり、マスハスは剣を構え直した。

ズキズキと痛みが走る。一連の動きの最中は、痛みを感じる余裕が無かった。だが、傷が少し開いたようだ。

脂汗が一気に噴き出てくる。

「痛むようだな」

ガスパールが案じるのではなく、楽しげにマスハスを見た。

「痛くて泣きそうだ――よっ！」

用足しの樽を取り、正面からガスパールの顔面へ投げつける。マスハスもまた跳ぶ。

「小細工を！」

ガスパールが吠える。樽を剣で薙ぎ払う。樽に続いて見えたのは、後を追って跳んだマスハスの姿だ。

「ちぃぃぃっ！」

慌てたガスパールが、強引に払った剣を戻そうとする。

「遅い！」

マスハスが、一気に間合いを詰め袈裟懸《けさが》けに斬り下ろした。

――ゴンッ！

鈍い音と共に、ロシナンテが横へ弾かれた。マスハスの剣を握る右腕も、横へと大きく広がってしまう。

柄頭だ。刀身を引き戻せないと割り切ったガスパールが、柄頭で自分の左肩に届いた刀身を殴っていた。

互いに、後ろへ跳ぶ。

ガスパールが、左肩を押さえる。が、マスハスもまた胸の傷の痛みで、膝を落としかけた。

自分ではわからないが、開いた傷から出血し、胸元を染めつつあった。

「クソッ、手負いの野郎が俺に傷を付けただと？」

憎々しげにガスパールが吐き捨てる。

「……どうやら、丁度良いハンデだったみたいだな」

減らず口を叩くが、胸が酷く痛むようになっていた。さらに悪いことに、出血のせいか意識が持って行かれそうになる。

息を吐き、集中し直してマスハスは剣を構えた。

腰を落とし、床を踏みしめる。

「痩せ我慢は身体に毒だぜ？　そろそろ観念して楽になるのを、年長者としては勧めるがね」

「観念するわけにはいかなくてね。お前だけにはリリアーヌは任せられないからな」

「おいおい、酷いこと言うじゃないか。アレは俺のものだぜ？」

「そうでもないさ。お前が望むリリアーヌは、まだあそこにはいねぇからな。あそこにいるのは、俺が知ってるリリアーヌだ！」

痛みに耐えて飛び込み、体重を乗せて斬りつける。そんなマスハスを嘲《あざ》けるかのように、ガスパールが剣をいなして後ろへと飛んで距離を作った。

追いかけて斬り込むが、ふらりと横へ飛んでガスパールが逃げる。

「グッ……」

マスハスの足が、痛みで止まる。その姿を見てガスパールがニヤニヤと笑う。

「確かに、アレはまだ俺が望んだリリアーヌじゃないな。だがな、すぐにそうなるさ」

「まだ決まったわけじゃねぇだろ！」

　顔を上げたマスハスに、ガスパールがポンッと手を打った。

「なるほどな。お前が生きてると、お前の中で俺のリリアーヌとは違う、昔のリリアーヌが生きることになるか。どうだ、逃げ出すなら許してやってもいいぞ？」

「ふざけんなっ！」

「やれやれ、優しすぎる譲歩案なんだがね」

　ゆらりとガスパールから無造作に近づいて来た。

　間合いが詰まる。

　ガスパールが大きく大きく剣を上段に構えた。あまりに隙だらけな構えだ。

　一瞬、マスハスは躊躇した。

　なにかある――たとえそうだとしても、マスハスの身体はそう長くは動きそうにはない。血が、足りていないのが、もうはっきりと自覚できる。

　意を決してマスハスが床を蹴って飛び込み、無防備な胴を薙ぐ。

「勉強しないヤツだな！」

　ガスパールの足が動いた。

　何かが、マスハスの顔を打った。樽の破片だ。一瞬、マスハスの身体がよろめく。

それだけでガスパールには充分だった。

「足癖が悪いもんでね！」

剣を振り下ろす。

――ギンッ！

マスハスが、剣を上げて防ぐ。が、ガスパールはお構いなしに、体重を掛けた。

マスハスの膝が、折れる。

押し返そうと力を入れるが、傷が更に開いていく。血が、更に流れ落ち始めた。

「ハハッ、さぞ苦しいだろうよ、その傷で、いつまで耐えられるかな」

これが、ガスパールの目的だった。

マスハスの身体がそう長くは持たないのならば、力でねじ伏せればいい。こう圧しているだけで、マスハスは戦える身体ではなくなるだろう。

後はフラフラになったマスハスを、リリアーヌの前で残酷に無残に痛めつければいい。苦しみながら死んで行くマスハスの姿は、リリアーヌの心に深く刻み込まれるだろう。そうなれば、彼女はもうガスパール以外を愛することを諦めるだろう。

そうして初めて、リリアーヌの身体だけではなく、心も拘束することができる。自分だけのものにできるのだ。

その未来図に、ガスパールは思わずだらしくなく相貌を崩した。

「気が早いんじゃねぇか！」

「無駄口を――」

ガスパールは最後まで言うことが出来なかった。

「グァァァッ!?」

痛みに思わずのけ反り、顔を押さえる。

瞳から何かが落ちた。

「何が――」

――膝を突いたままでマスハスが、斬った。

ガスパールの腹を掻っ捌く。

「ぐっ――ぬっ……な、何が」

右手で腹を押さえて、ガスパールがしゃがみ込む。頭が下がり、床が見えた。目前に、サイコロが落ちている。

「これ、は……サイコロ？」

「指で弾いちゃにしちゃ、最高の結果だな。賭博の神様が味方してくれたかな」

マスハスがしたり顔で、ガスパールの手を蹴った。剣が転がっていく。

「貴様……ぐぅっ……こん、な」

苦しげに、それ以上に悔しげにガスパールが呻いた。なんとか顔を上げて、マスハスを睨む。

「俺より脂汗じゃねぇか」

マスハスは用心深く、ガスパールを見下ろした。

ガスパールの身体の下には、腹を押さえた腕から漏れ零れた腸が広がっている。

「終わり、だな」

「こんな馬鹿な、俺とアイツの未来が……もう少しでリリアーヌを、俺のものに、できた……んだ、ぞ。俺の女に変えられたんだ……貴様の、せい……で、元のまま、だ……」

「……その割りに、悔しい顔じゃねぇぞ、お前の顔」

「貴様……………………何を、言い、やがる…………」

「事実をさ」

マスハスの言葉にガスパールが、まるで化け物のように顔を歪めた。睨んだだけで、人を殺すような視線を向けてくる。

一秒、二秒、マスハスは正面からその視線を受け止めた。

フッと、いきなり視線が和らぐ。その顔には、もう化け物は居なかった。そこに居たのは、ただ一人の男だ。

「…………そうか、リリアーヌはあの頃の……まま、か。あの微笑みの、ままか」

「ああ、アイツは笑ってるのが一番似合うんだよ」

「グッ……短い付き合いの割りに……わかって……るな。俺が忘れたってのにな」

ガスパールが、視線をリリアーヌへと投げた。彼女は、じっとこちらを見ている。ただ涙を浮かべてだ。

「忘れたんじゃないだろ。お前は顔を背《そむ》けてただけだ」

「……………思ったことを、全て口にする……ヤツは、王都じゃ、生きて、いけない、ぞ」

「悪いね。田舎領主が性に合ってるのさ」

「……なるほど、そんな、グッ……顔、だ……」

ガスパールが、どこにそんな力があったのか仰向けに転がった。その拍子に、盛大に腸がぶちまけられて、リリアーヌが猿ぐつわ越しに悲鳴を上げた。

「…………そこの、田舎女の…………拘束具の鍵が、胸元に、ある」

「……解放、するぞ」

「クソ王子……からも、頼む」

マスハスは、一度頷いた。そして、血まみれのガスパールの胸元へと手をやった。

† † †

「ボードワンが引き連れてるだと!?」

フィルベールは股間をさすりながら、悲鳴に似た声を上げた。騎士達を見て、彼が雇った者達は蜘蛛の子を散らすように逃げ去ってしまい、周りにいるのは金色の侯爵党の男達だ。もっとも、考えようによってはこの男達の方が頼りにはなる。現にフィルベールは彼らから、ボードワンがマスハスの家を訪れたことを教えられた。

「クソっ、あのマスハスとやらが手引きしたのかっ。待てよ……」

ふと思い至る。なぜ、ガスパールは自分にボードワンがマスハスの家を訪れたことを教えなかったのだろう。知っていれば、まだ手の打ちようもあったのだ。

いや、それがガスパールにとって不都合だったということか。

ボードワンが自分の企てを知ったとなれば、フィルベールは今回は諦めただろう。ファーロンが戻って来るとは思えないし、戻ったとしても手を出せなかった。いくら何でも、王太子を自分が殺したとはっきりするのは、まずい。疑惑程度ならどうにかできるが、確証があるとなれば、助からないだろう。

ボードワンという要素を知った段階で、計画は中止だったのだ。ただしそうなればリリアーヌは殺す。絶対に殺す。この綻びの原因はあの女なのだから。

それが、あの男には不都合だったのだ。そして、信じられないことだが、王子たる自分とリリアーヌを天秤に掛けて、女を選んだのだ。

つまり、自分を切り捨てたのだ。

「クソッ！」

苛立《いらだ》ち、フィルベールは壁を殴った。

マスハスもだが、ガスパールも絶対に許せない。

「お前ら、付いてこい。絶対に殺してくれる」

「しかし王子、逃げないでよろしいのですか?」

十名ほどの中から、リーダー格らしき男が声を上げた。

「安心しろ。ボードワンであろうと、私には手は出せん。何しろ私は王子だからな。だからお前達も安心して、私の指示に従え」

フィルベールの言葉を、王子の部下になれば助かる、男達はそう解釈した。もっとも助かるのは自分だけだとフィルベールは良く知っていた。自分だけは命は助かる。ただ、それでも暫く軟禁状態にはされるだろう。それでも命があれば、まだ機会はあるはずだ。あの小生意気なファーロンさえ殺してしまえば、王国は自分のモノになるのだ。

前向きに、諦めが悪く、フィルベールはそう決心していた。

ただ、そうだとしても、自分をこんな窮地に追い込んだあの二人は許せない。軟禁される前に、なんとしても殺さねばならない。

「行くぞっ、ヤツらは監禁塔にいるはずだ」

† † †

「……なぁ、なんでコイツまで連れて来なきゃいけないんだ？」

マスハスが愚痴《ぐち》ると、鋭くリリアーヌに睨まれた。マスハスの背中には、ガスパールがおぶわれている。

胸の傷はリリアーヌが応急手当を施してくれて、幾分マシになっている。とはいえ、五階から背負って下りるのは、血をかなり失ったマスハスにとって、重労働だった。実際、何度か階段を踏み外しかけた。

「私の初恋の人よ。あんな所に置いていけるわけないじゃない。そもそも、私が運ぶって言った時、自分がやるって言ったのはマスハスでしょう？」

「いや、そうだけどよ。そういう意味じゃなくてな」

ガスパールの腹は寝台のシーツでグルグルに巻いてあるが、いつ、また腸が飛びだしてもおかしくない。そんな状態の身体をリリアーヌに運ばせるわけはいかなかった。

「……ちゃんとした所で、見送りたいのよ」

辛そうに、リリアーヌが呟く。

「…………もう、放っておいてくれ…………死体のようなもんだ」

ガスパールの言葉に、リリアーヌはただ首を左右にした。

「ちょっと待て、焦げ臭くないか？」

マスハスの鼻が、確かに煙りを感じた。

一瞬驚いたリリアーヌも、可愛く鼻をスンスンとひくつかせる。

「そうね、何かしら確かに焦げ臭いわ」

その間にも、階段から煙りが漂ってくる。

「どういうことだ？　とにかく急ぐぞ！」

マスハスの足が速くなる。

一階に降りると、床の絨毯が燃えていた。調度品や、壁の装飾も激しく燃えている。

「どうなってんだ、これ！」

ガスパールを階段に放置して、マスハスはまだ火が回ってないところを選んで走り出した。

リリアーヌが、その乱暴さに驚いて小さな悲鳴を上げた。

扉を開ける。が、ビクともしない。二つの扉共にだ。

「外から鍵掛かってんぞ、なんでだ！」

「…………こ、ここは、監禁する、た……めの、塔、だぞ」

ガスパールが、か細い声で指摘した。

「閉じ込める塔だから、中からじゃなくて外から鍵か。道理だな。だったら、たたっ切る！」

——ギンッ！

ロシナンテが弾かれてしまう。扉には、傷一つ付いていない。

「嘘だろ、おい……」

マスハスは、呆然とロシナンテと扉を見比べた。リリアーヌが駆け寄ってきて、心配そうに同じく扉とロシナンテを見比べた。

「マスハス、ダメそうなの？」

「いや、もう一度……」

「無駄、だ……」

ガスパールが、ぐったりと天井を見上げたまま言う。ただ残りの言葉は、よく聞き取れない。

「私が行く」

リリアーヌが走って戻った。行きと違い、時に火を飛び越えないとたどり着けないほどに、火が回り始めている。

リリアーヌが、ガスパールの口元に耳を寄せた。

「……………うん、そう、なの？　そんな」

「リリー、その死体はなに言ったんだ」

ギンッとまた扉に弾き返されながら、マスハスが叫ぶ。

「その扉は特注品で、そう簡単には壊せない。逃げ出すのは無理だって」

「……じゃぁ、何か、仲良くここで蒸し焼きになれって言うのかよ」

「五階に行って、助けを呼べないかしら」

「あんな小さな窓からか？」

「それは……」

リリアーヌが、俯《うつむ》いた。その瞳から、涙がこぼれ落ちる。

「いやよ、私。せっかくマスハスが、助けに来てくれて……マスハスが幸せになれるように、お祈りしながらちゃんとお別れを言えると思ったのに」

「ふざけんな！」

マスハスの怒号に、リリアーヌがビクッと顔を上げる。

「別れたりはしねぇっ。大体な、お前はなんもわかってねぇ！」

「わかってないって……だって仕方ないのよ。マスハスは知らないのだろうけど、私は、買われた身なの。だから私はマスハスとは一緒にいられないの」

「とうの昔に知ってるよ、そんなこと」

「え？　でもっ、だったら！」

「だったらもクソもあるかよ。いいか、教えてやる。よく聞けよ」

「う、うん」

「俺の幸せはな、リリー、お前と一緒とじゃなきゃダメなんだよ。リリアーヌ＝ヴォジエが側にいねぇと、俺は幸せにはなれない。よーーーーーくわかったか！」

リリアーヌが、ポカンと間抜けな顔をした。

「え……マスハス、今の……」

火災も忘れて、呆然としている。

マスハスは振り返らない。ロシナンテを、胸の前で立てた。

じっと見つめる。ローダント家と共に、数多の戦いを生き抜いてきた、家宝たる宝剣だ。そして、ローダント家を守ってきてくれた剣だ。

「ロシナンテ、俺は、嫁を連れて帰って、ローダント家に相応《ふさわ》しい男になる。約束する。だから、頼むぞ。お前に賭《か》かってんだ」

一瞬、ロシナンテが震えた気がした。

マスハスは、煙の中でゆっくりと息を整えた。

大きく大きく振りかぶり、神経を研ぎ澄ます。

「ウッッリャアアアアアアアアアッアアアアアアア！」

全身全霊、渾身の一撃を扉へと叩き込む。

──リィィィイン。

鈴が鳴るような綺麗な音が、響いた。後に、この音をリリアーヌは聞かなかったと語っている。

ロシナンテが光るように、粉々に砕け散った。

そして両開きの扉の右側が、上から下まで斬り裂かれていく。

ゆっくりと、鈍い音を立てながら、右側の扉が開いた。

マスハスは、暫く剣を振り下ろした体勢のまま、肩でゼイゼイと息をしていたが、全身の力を使い果たして、その場に座り込んでしまった。

ガスパールが、何事か呟いたようだ。リリアーヌは目を閉じて小さく、

「さようなら。私に素敵な初恋をくれて、ありがとう」

ガスパールの耳元で囁《ささや》くと、涙目のまま立ち上がってマスハスへと駆け寄った。

そのリリアーヌの背中が、小さい頃、ガスパールの周りを走り回っていた頃の姿に重なる。恋しい男に駆け寄る姿は、子供時分も大人になってからも同じなのかも知れない。

ガスパールは尽きようとしている命の中で、久々に微笑んでいた。

そのぼんやりとした視界に、あの男の姿が映るまでは……。

「マスハスっ、平気？」

マスハスの背中に、リリアーヌが飛び込んだ。グラリと、マスハスの身体が揺れてリリアーヌに全身を委ねる。

「きゃっ……ちょっと重いわよ」

「平気に見えるか？　さすがにもう無理だ、もう立てねぇ」

「もう仕方ないわね。でも、膝枕はここを出てからにしましょ。だってここで焼け死んだら、マスハスは私の答えを聞けないでしょう？」

「答えって、なんのだよ」

リリアーヌに肩を借りながら、ヨロヨロとマスハスは立ち上がった。

「もちろん、さっきのプロポーズの返答よ」

「プ、プロポーズってっ、なんのことだよ！」

「あら、あれがプロポーズでなくて、なんだと言うの？　私がいないと幸せになれないって、叫んだくせに」

「いや、それは、その……って、そもそも返答って」

「あら、凄い自信ね。私が断る可能性は考えてないの？」

「いや、待てって、この流れで断るってあるか？」

「さあ、どうかしら」

「お、おいっ」

リリアーヌがよいしょと、マスハスを肩で担ぎ上げ、返事も言わずに歩き出す。仕方なく、マスハスも舌打ちしながら歩き出す。

脇を、何かが通りすぎた。

「な――」

眼前がいきなり塞がれ、ドスドスと何かが刺さる音がした。

ゆっくりと眼前の影が、崩れ落ちていく――ガスパールだ。死にかけ、いやすでに死に包まれていたはずの男が、階段からここまで走り、立ったのだ。

崩れ落ちたガスパールの身体が、グラリと揺れて大の字に転がった。その身体には、無数の矢が刺さっていた。

そして、今度こそ確実にガスパールは命を手放していた。どこか満足げな顔をして……。

前を見ると、いつの間にか玄関ホールへと続く回廊に、フィルベールが少数の男達と共に弓を構えて立っている。傷ついている相手を、忌避すべき弓を使ってでも集団で射殺そうする。

そこに、フィルベールの精神性が如実に表れていた。

「クソっ、あの扉を斬るだと？　焼き殺す算段が台無しではないか。あの職人め、紛いものを寄越したのかっ！」

フィルベールが、怒りの籠もった目でマスハスを見た。

「しかし、予想外よな。ガスパールが負けたか。しかも負け犬が尻尾を振って、貴様を守るとはなっ。ええい、邪魔をしおって！」

悔しそうにフィルベールが、地団駄《じだんだ》を踏んだ。

「だが、まぁいい。おい、早く矢を放て。目の前の男は、貴様らの頭目を殺した仇でもあるのだぞ！」

フィルベールの指示に従って、男達が一斉に矢をつがえてギリギリと引く。

「マスハス、ここは私が！」

リリアーヌが剣を構えて、マスハスの前に立った。

「おい、無理だって！」

「無理でもやってみせるわ！」

矢が放たれる。

リリアーヌが剣を振った。一本、二本、実力なのか運なのか、切って落とした。だがそこまでだ、マスハスは後ろからリリアーヌを引き寄せて、被さるように抱きかかえた。

「きゃっ!?」

マスハスがリリアーヌに回した腕に、鏃が刺さる。太股にも一本刺さった。残りは運良く、外れてくれたようだ。

「マスハス、放してっ！」

「イヤだねっ」

さらに強く抱きしめる。場違いにも、その香しい匂いと、その身体の柔らかさに、マスハスは感激していた。

「ええい、次だ、次！」

「いえ、次はありませんよ。剣を向けるご無礼をお許し下さい、フィルベール王子」

ウルスが、フィルベールの首筋に後ろから剣を当てていた。ユーグが、男達の弓の弦を一つ一つ斬っていく。

フィルベールが、震えながらゆっくりと手を上げた。

「き、貴様、王族に向かってこの所業、どうなるかわかっているんだろうな」

「いえ、どうなるか覚悟するのはフィルベール様の方かと」

ボードワンが、十人以上の騎士を連れて回廊を歩いてきた。いや何より、リディと共にファーロンの姿もあった。

幼い瞳で、自分の兄を射貫くように睨む。

「兄君、一度もお会いしたことはありませんでしたが、私は自分に年の離れた兄がいることを、喜ばしく思っておりました」

その姿は、マスハス達と一緒にいた子供のそれではなく、間違いなくブリューヌ王国の王太子その人だ。

「ですがこの度の所業、到底許されるものではありません。私のみならず、多数の者を巻き込み、またボードワン卿から聞きましたが、他にも無数の王族としてあってはならない、不埒な行いがあるとか」

「な、何を言っているのだ、ファーロン。私は別に、お主を害そうなどと、そ、そうだ、そうだとも、お主は騙されているのだ。そこのボードワンこそが、お主を亡き者にしようとしたのだ。私は陰謀からお主を守っただけだ、そうとも、な、実の兄を信じておくれ」

すがるように、フィルベールがわめき立てる。

「兄君から殺意を直接聞いたというのに、ですか？」

「そ、それは……」

「ボードワン卿、後はそなたに任せよう。陛下には、何も言わない方がいいのだよね？」

もうフィルベールには言うべきことを言った、もう終わったと、ファーロンが隣のボードワンを見上げた。

「御意。では殿下、手はず通り、一度テナルディエ公爵のお屋敷を訪れてください。公の騎士も随行しますので」

深々とボードワンが頭を下げる。

「うん、わかった。僕はテナルディエ公爵の家を訪問していた、そういうことか」

「その通りでございます。宮中に無用な波紋を広げて、陛下のお心を騒がせることもありますまい」

頷いてから、ファーロンがマスハスとリリアーヌを見た。

「マスハス、金的を教えてくれてありがとう。素晴らしい効き目だった」

大声で感謝を叫んで、手をブンブンと振る。マスハスもなんとか手を振って返した。金的という言葉に、周囲はざわついている。ちなみにボードワンからの視線は、針のようにもの凄く痛い。

「リリアーヌお姉ちゃん、優しくしてありがとう！　あの街を一緒に走ったこと、忘れないから」

「ええ、ヤリーロの艶髪街のこと、私も忘れません殿下」

　事情を察したリリアーヌが礼儀正しく頭を下げた。

「出来れば将来の側室にでもしたかったけれどね」

「ごめんなさい殿下、私は先約済みですので」

「ああ、だろうね。少し残念かな」

　手を振ってファーロンは、騎士と共に去っていった。残った騎士が、フィルベールや男達を拘束する。

　そんな中、ユーグとウルスが興味津々な顔で駆け寄ってきた。

「マスハス、どういうことだ？」

「リリアーヌさん、先約ってどういうことでしょう？」

「いや、それはその……」

　頬を掻くマスハスを、リリアーヌがニコッと見た。それから、得意満面の顔でユーグとウルスに話し始める。

「あのね、マスハスったら私にこう言ったのよ。お前が一緒じゃないと俺は幸せじゃないって。これって、要するにプロポーズよね？」

　リリアーヌの話を聞きながら、マスハスの顔は真っ赤だ。

　そもそも、この二人に話す必要なんてあるのだろうか。

「そうかそうか、マスハス結婚するのか。これで故郷に帰れるってもんだな」

「なるほど、それで先約なんですね」

　ユーグとウルスがニヤニヤしながらマスハスを見た。

「う、うるせぇ………ん？　なぁリリー」

「なぁに？」

　まだにやけた顔をしてやがる。

「お前さっき、返事はまだしてないだなんだのはぐらかしてくれたけどよ、先約ってことは、オーケーしてるんじゃないのか、おい」

　リリアーヌが「あっ」と口に手を当てた。それからゆっくりと視線を泳がして、

「これからお願いね、マスハス」

　微笑みながらマスハスを見た。

　その笑顔はズルい。マスハスは、文句の一つも言えなくなってしまった。

†　†　†

「フィルベールはどうなるんだ？」

　騎士に拘束されたフィルベールを見ながら、マスハスはボードワンに尋ねた。

「ファーロン殿下がここまで知ってしまった以上、軟禁では終わらぬな」

ボードワンの言葉を聞いてしまったフィルベールが、ガタガタと震えだした。なにか言いたいらしいが、恐怖でパクパクと口を動かすだけだ。

「死刑か？」

「いや、それでは事が大きくなりすぎる。そもそも、殿下誘拐事件などなかったことになる」

「なかったことに？」

「そうだ。こんな事件が起こったと知られてみろ。陛下より留守を預かったテナルディエ公爵の責任問題となる。ここでテナルディエ公爵に弱体化されれば、ガヌロン公爵を抑えるものがいなくなる。両者ともその勢力をいつかは削がねばならぬが、今は両者の拮抗状態を保つ以外、王国の安定はない」

「やれやれ、そういうことか」

「ああ。そういう事情があるので死刑にはできない。毒でも呑んでいただき、病死にしようと思っている」

人を殺すことを、恐ろしく事務的にボードワンが語った。それを間近で聞いているフィルベールは、青ざめて今にも恐怖で死んでしまいそうな顔になっている。

「で、私に頼み事とはなんだ？　私が暇ではないのは知っているはずだ」

ボードワンがマスハスに用件を急かした。

ユーグとウルスにひとしきり揶揄われた後、マスハスは逃げ出すようにボードワンに話しかけたのだ。

頼み事がある、と。

ただ、拘束されたフィルベールを見てしまい、つい処理を聞いた結果が今までの会話だ。

「その前に一つ確認していいか？」

「いいだろう」

「リリーの代金は返す必要はないんだよな？」

「フィルベールの財産は王族故、筋としては王家のものになる。とはいえ彼女まで資産として計上する気はない。それではこの王子と同じになってしまうからな。彼女も、他の集められた女性達も自由だ。家族の元に帰す。それがこの国のためだ」

ボードワンがはっきりと言った。小さく「青臭いがな」と添えて。

「ハッ、そういう男だったのか。ま、助かる。なら、ここからが本題だ。成功報酬、あれな、ヴォジエ家に払ってくれないか？」

「なるほど、リリアーヌ嬢の実家を救おうというのか。だが、いいのか？」

「構わねぇよ。どうせオヤジ達の与り知らない仕事だ。それに、実家が健全な嫁を貰う方が喜ぶだろうしな」

「いいだろう。こちらとしてはどこに払おうが、同じ額だ、さして問題はない」

「ありがとうよ」

ボードワンに礼を言い、マスハスはリリアーヌの下へ帰ろうと振り返り、立ち止まり、またボードワンを見た。

ボードワンが、露骨に嫌そうな顔をする。

「まだ何かあるのか？」

「悪い、最後に一つだけ頼んでもいいか」

「即答で断りたいが、内容も聞かずに判断するのは好きではない」

ややこしい言い方で応じる。

「あのさ――」

マスハスがチラリとフィルベールを見た瞬間だ、ボードワンが即答した。

「ダメだ」

「まだ何も言ってないだろうが！」

「王族に危害を加える許可など、私にできるわけがない。そんな権限は持っていない」

「そこをなんとかさ」

「……だが」

ゆっくりとボードワンが、息を吐いた。

「代わりに、私の時間を十、息をするだけ与えよう。何を望む？」

「ハハッ、なるほどね。わかった、十だけ目を閉じていてくれないか？」

「いいだろう」

ボードワンが目を閉じて、ゆっくり、かなりゆっくりと呼吸を始めた。

その間にマスハスはそそくさとフィルベールに近より、話しかけた。

「随分と世話になったな。俺も嫁もさ」

「ヒッ、な、何をする気だ、や、やめ――」

思いっきりフィルベールの顔をぶん殴る。涙や鼻水や涎が、飛び散っていった。

「うわ、汚ぇな」

すっきりしてフィルベールを見れば、声も上げずに気絶していた。

「終わったか？」

「ああ、十、ありがとうな。スッキリしたぜ」

「なるほど。だが、マスハス」

「なんだよ」

「感情で動くというのも悪くない。私もスッキリさせてもらったよ」

クスリと、ボードワンが誰にも見せたことのない悪戯小僧のような顔を、マスハスに見せたのだった。

終章

一連の事件は表沙汰になることなく終わった。

ボードワンからマスハスが聞いた話によると、ファーロンは祈りに向かった神殿で誘拐されたのだが、その際に司祭や近臣等全員がガスパール達によって血祭りに上げられていた。ファーロンの目の前で、だ。

そのショックから、ファーロンは言葉を失っていた。王太子とはいえ、九歳の子供なのだから、仕方ないことだった。

マスハス、なによりリリアーヌの献身によって、言葉を取り戻したことをボードワンは感謝し、謝礼に幾ばくかの追加を約束した。

そして、ボードワンの発言通りバスティアン国王の帰還してから三日後、フィルベール王子の病死が発表された。

王国は形だけの喪に服して、何事も無かったように日常へと戻っていった。他にも強《し》いて言えば、ダーナルという家がひっそりと断絶したが、老人くらいしか興味のない話題だ。

マスハスはユーグやウルスの冷やかしもあり、あの事件で出会ったリディやサラも立ち会いの中で、改めてプロポーズを行う羽目になった。

それから宴会を開き、マスハスは数日掛けて知人に別れを告げて、オードの地へと帰っていった。サラも給仕《きゅうじ》として来るように勧めたのだが、少し寂しげな顔で断られてしまった。ただ、サラはヤリーロの艶髪街《アマシュ》で暫く働いたものの、リディの紹介でボードワンの屋敷に雇われることになったらしい。

オードの両親は大いに驚き喜び、盛大とまではいかないまでも、華やかな結婚式が執り行われた。

一年後にマスハスとリリアーヌは彼女の実家を訪れたが、スナンは苦境を知った国からの資金によって復興の端緒《たんしょ》に就いたところだった。リリアーヌが大いに喜んだのは言うまでもない。もちろん、この資金はマスハスの報酬だったものだが、マスハスはそのことを誰にも、妻にも告げる気はなかった。

そもそもリリアーヌの父親に挨拶をする時、マスハスには余計なことを告げるような余裕はなかったのだが。

緊張のあまりガチガチだった。

『む、娘、あ、いや……お、お嬢さ、さんを、私が貰うぞ、じゃない、くだ、しゃい！』

この時のマスハスの言葉は、リリアーヌが後々まで真似《まね》をして周囲を爆笑させる持ちネタとなってしまった。

そういうわけでマスハスにとって幸せで好ましい日々が始まった。ただ、問題が全くないわけでもなかった。

一つは、リリアーヌとマチルダの間が暫く険悪だったことだ。人なつっこいリリアーヌにしては珍しく、マチルダのことを毛嫌いしたのだ。もっとも後に、マチルダがまだ美しい上に、リリアーヌよりよくマスハスのことを理解し（当たり前だが）、時にマスハスもマチルダを頼りにしていることへの、嫉妬だったとわかり、二人は大の仲良しになるのだが。

そしてもう一つが、マスハスの禁断症状だった。

リリアーヌを幸せにすると決意しているし、壊れてしまった『百五十年前に滅んだカディス王国で鍛えられた名剣ロシナンテ』にもローダント家に相応《ふさわ》しい人間になると誓った手前、マスハスは賭け事をやめ夜遊びも女遊びも止め、実直な騎士たらんと励んだ。

励んだのだが、長年の身についた習慣と快楽というものは、そう簡単に抜けてはくれない。結局マスハスは、月に一度か二度、リリアーヌの目を盗んで盛り場に繰り出していた。もっともリリアーヌにはバレており、苦笑しながら黙認されていただけなのだが。そんな遊びも結婚してから五年後、リリアーヌが身ごもった頃にはほぼ落ち着いていた。翌年、リリアーヌは無事に出産して、マスハスの長男を産むことになる。ユルバンと名付けられた子供は、二人の愛情を一身に受けてすくすくと育っていく。

さらに七年後、マスハスが三十五歳、リリアーヌが三十一歳の年には、二人目の子も授かる。

この時、リリアーヌが一つの提案をした。

マスハスは、目を閉じてやや悩んだ後、妻の提案を受け入れた。

一つだけ条件を付けて。

「寂しい思いを、絶対にさせてはならん。たっぷりの愛情を注いで真っ直ぐな子に育てよう」

産まれた子は、ガスパールと名付けられ、精悍《せいかん》な青年貴族へと成長していった。

† † †

暖炉で薪がパチパチと燃えていた。

その暖かさに包まれながら、マスハスは丸まっていたずんぐりとした身体をゆっくりと伸ばした。少し太ったのか、ギシリと椅子が鳴いた。

「やれやれ、微睡《まどろ》んでいたか」

マスハスはテーブルの上にあった酒を手に取り、チビリと呑んだ。

「やけに懐かしい夢を見た気がするが、よく思い出せんのう」

もう一口、チビリと呑む。

「しかし、儂らの若い頃に比べて、最近の若いもんはイマイチじゃのう。ティグルなど、無茶ばかりしよる。も少し用心や常識を持って欲しいもんじゃが」

五十五歳の老人特有の繰り言をして、また酒を口にした。

「やはり儂のようなものが付いていてやらんと、危なっかしくてたまらん。やれやれ、儂らの若い頃は、もっとこう世の中を知っていたというか、節度があったと――」

ビクッとマスハスが身体を強《こわ》ばらせた。

視線を感じて、ゆっくりと振り返る。

そこには古女房の姿があった。もう三十三年も連れ添っている。言葉も聞かずとも何が言いたいのかわかる。

――どの口が言っている？

――飲み過ぎだ。

間違いなく、そう言っている。

「う、うむ、まぁ若いもんには若いもんの流儀があるしな。さて、そろそろ儂もしっかり寝るとしようか、椅子で寝ると腰にくるからの」

マスハスは立ち上がると、逃げるように寝室へと向かった。ただ出口で振り返り屋敷で過ごす時は、一日一度は口にする言葉を告げた。

「愛してるぞ」

恥ずかしそうに言うマスハスに、恋女房のリリアーヌは照れることなく口にしたのだった。

「私も愛してるわよ、おやすみなさい」

断章　ウルス＝ヴォルン

ウルス＝ヴォルンという男がいる。

今年、十八歳の謹厳実直な男だ。マスハスなどに言わせると、クソ真面目な堅物という表現になってしまうが。

くすんだ赤い髪を短く切りそろえ、中肉中背のがっしりとした体格で、鋭くも、時に柔和《にゅうわ》で優しくもある眼光をしており、本人は気が付いていないものの中々に女性受けもよろしい相貌だ。

その顔が今、歪んでいた。

「ウルス様、この方とはどういったご関係で？」

ヴォルン家の王都ニースにおける家の一室で、側仕えのバートランが顔をしかめた。

ウルスと同じ十八歳の若者であり、ブリューヌ王国北東端にあるヴォルン家の領地アルサス出身の、純朴な青年だ。一度、マスハスに強引に盛り場へとウルスと共に連れて行かれ、これまたウルスと共に何もせずに帰った経験などもしている。

それだけ、ウルスと共に過ごしてきたし、ウルスの人格もよくわかっている、はずの側仕えだった。

「ウルス様、もう一度お尋ねします。この妙齢の女性とはどういったご関係ですか？」

バートランが、改めて顔をしかめてウルスを睨《にら》んだ。

小柄で手足は細いが、眼光は中々に鋭い。もちろん、その眼光には裏付けがある。その細い手足から放つ槍の一撃は、王都で怠惰に過ごす貴族達とは比べものにならないのを、ウルスはよく知っている。

なぜなら彼に手ほどきをしたのは、ウルス自身だ。いや、手ほどきというのはおこがましいかも知れない。共に修練を積んだといった方が正確だろう。

「ウルス様！」

バートランが怒気を隠そうともせずに、ウルスに詰め寄った。

そして、ソファーで豪快な寝息を立てている女性を指さす。

「胸、はだけてるじゃないですかっ。ウルス様が、酔った女性を連れ込むような人だなんて、見損ないましたよ！」

バートランの言う通り、ソファーでは胸元も露わにした女性が、妙齢の女性がしていいとは思えない高いびきをかいて、豪快に寝ている。

顔は、赤い。左手には、まだ陶器の酒瓶が握られている。うん、酔っ払いである。しかも、酔い潰れている。女性の名は、リリアーヌという。そうリリアーヌ、その人だ。

「待ってくれ、バートラン。あっちのソファーを見ろ、マスハスさんが寝てるだろ」

「……あれ、本当ですね」

「この女性はマスハスさんの、その、お相手だ。そうだな、まずは私の話を聞いてくれ」

ウルスが座った。バートランもまた、椅子に座る。家によっては、側仕えや給仕《きゅうじ》などが主と同じテーブルに座ることを由としない家もあるが、ヴォルン家の気風はかなり自由だった。気風というよりも、家そのものが大きくないので、側仕えや給仕が使用人というより家族に近いからとも言えたが。

現に、このバートランもウルスにとっては兄弟のようなものだった。

「この女性はリリアーヌ＝ヴォジエ嬢だ。まだ正式ではないがマスハスさんの許嫁だな」

ウルスの言葉に、バートランが文字通り飛び上がって驚いた。

その姿を見て、ウルスは思わずフッと笑ってしまった。まさか自分がマスハスの許嫁を紹介することになろうとは。初めてマスハスと会った時から、濃い縁が結ばれたのかもしれない。

あれは、二年ほど前だ。ウルスが王都にやってきてまだ間もない頃――。

† † †

「なんだ坊主、暗い顔してんな」

王宮の廊下で、ウルスはいきなり声を掛けられた。顔を上げると、王宮にはおよそ似付かわしくない、派手で軽薄な服装と顔をした男が、片手にサイコロを握りながら立っている。

「どなたか知りませんが、初対面の人間相手に坊主というのは失礼ではありませんか？」

「かぁ、生真面目な返事だな、おい。その返事がまさに坊主そのものだぜ？」

さすがにウルスはカチンと来て、より鋭く睨んだ。すると、ニヤリと男が笑う。

「だが、肝は中々据わってるな。その目、その足、ここら辺で見る連中と違って、戦える男の目だな。俺は、マスハス。マスハス＝ローダントだ、お前は？」

なぜかウルスは、楽しそうに、好奇心を隠そうともせずに笑うこの男の視線を浴びて、怒りが雲散霧消したことを、今でも覚えている。

それは、男惚れだったのかも知れない。

この時から、ウルスのマスハスへの信頼は、一度も揺らいだことはない。

「ウルス＝ヴォルンです」

「ははっ、聞いたこともねぇ」

呵々《かか》とマスハスが笑う。本来、失礼極まりない発言なのだが、なぜだかウルスも笑ってしまった。

「はは、それは私も同じです」

「お互い、貧乏貴族仲間ってわけだな」

「貧乏というのは領民に失礼なのでは？　小さくとも皆、懸命に働いています。彼らを豊かにするのが、私達の務めでしょう」

ウルスの返答に、マスハスは目を丸くした。

「どうかしましたか？」

「ああ、いや、そんな言葉を真っ直ぐに、微塵も疑わずに言えるヤツが、まだいるんだなと思ってな。ま、俺は放蕩息子《ほうとうむすこ》で遊んでるだけだから、お前——ああ、いや、ウルスからしたら最低貴族の方だがな」

肩をすくめるマスハスに、ウルスは自然と微笑んだ。

「私の言葉を真っ直ぐに受け止めて自嘲できる方が最低だとは、思えませんけどね」

「そーいう時は、自嘲してんじゃねぇよ、バーカとか言えよ、本気で照れるだろ」

そう言うマスハスの顔は、確かに赤い。

と、いきなりマスハスがウルスの肩に腕を回して引き寄せた。

「おい、飲みに行くぞ」

「は？」

「俺達の出会いは僥倖だ。酒の一杯や二杯呑まないと、幸運の神様に失礼ってもんだろ」

「い、いやでも——」

困惑したウルスの目を、マスハスがじっと見つめた。その真剣であり、どこか慈しみのある目に、ウルスの口は閉じてしまう。

「悩み事、聞いてやるぜ。解決できるかどうかは、知らねぇけどな」

その一言で、終わりだった。

ウルスは抵抗することもなく、マスハスと連れだって王宮を出て、ヤリーロの艶髪街《アマシュ》へと向かった。当時のウルスは、ヤリーロの艶髪街がどういった街か知らなかったが、足を踏み入れた途端、雰囲気でわかるものはあった。それでも抵抗しなかったのは、もうウルスがマスハスに包まれていたからだろう。

気が付けば酔竜の瞳亭で、蒸留酒をくみ交わしている。

「ぷっはぁぁぁぁ、うめぇ。さぁ、ウルスも呑めって」

一気に飲み干したマスハスが、ウルスをせっつく。こういった酒場で飲んだことなどないウルスだが、ままよと口を付けた。

「……美味しいです」

「だろう？　この喧噪《けんそう》、この空気、姉ちゃんの尻に包まれて呑むから酒は美味いんだ。ま、恋女房でもできて一緒に呑む酒の方が、美味いかもだけどな」

お代わりを頼みつつ、マスハスは楽しそうに言う。

だが、ウルスは一口目こそ美味しいと素直に思えたが、二口目はどうにも苦い。

「その顔だ。酒を苦くするなんかが、あるんだろ？」

マスハスが腸詰め《ブルスト》が刺さったナイフを、ウルスへと突きつけた。ナイフに、腸詰めから零れた肉汁が垂れてテラテラと光っている。

「……よくわかるんですね。はは、私みたいな王都の新参者と違って、ここに住んでいる人は鋭いんでしょうか」

「俺だって王都に来て一年程度だよ。それに、ハッ、腹の探り合いなんて、逆立ちしたってしたくねぇし、できねぇよ」

ナイフに刺さった腸詰めを頬張り、ナイフに垂れた肉汁まで行儀悪く舌で舐めて、マスハスが、内心に思い浮かんだ貴族達を嘲《あざけ》った。

その仕草は、確かに宮廷で見かける貴族よりも、この街の住人そのものだ。

「だったら、なぜですか？」

「なぜ？　ああ、お前がなんか悩んでるかどうかわかったか、か？」

「ええ、そうです。あまり顔に出る方ではないと、自分では思ってるんですけどね」

「ああ、そうだろうな。顔には出てねぇよ」

「だったら、なおさらなぜですか」

「あのな、顔に出なくてもわかる。それが友達だろ？」

つまらなそうに答えて、マスハスが蒸留酒をゴクゴクと心底美味しそうに呑む。その様子を見ながらウルスは、暫く意味がわからなくて固まっていた。

「………………………………………………友達？」

ようやく、自分を指さしながら答える。

マスハスは、特に興味なさそうにむしゃむしゃと鹿肉の燻製を頬張りながら、

「おう」

「いやいや、さっき会ったばっかりですよ！」

「だから？」

「だからって……」

「俺はお前が気に入った。ウルスだって、俺のこと気に入ったんだろ？」

ズバリと、マスハスが言う。確かに、その通りではある。あるが、人はこうまであけすけに胸襟を開けるものだろうか。

「あのなぁ、物事を難しくするなよ。俺はウルスを友達だと、もう思ってる。で、ウルスはどうなんだ？　イヤなら断ればいい。そしたら、ここに片思いの酒飲みが一人産まれるだけだ。そんだけのことさ」

その言葉は、あまりに魅力的で、口説き文句のようにさえ思えてしまう。

「………いえ、友達でお願いします」

「ハハッ、だろう？　よし、今日から俺らは友達だ」

心底嬉しそうに、マスハスが自分のグラスをウルスのグラスにゴンッとぶつけた。そしてグビグビと飲み干し、テーブルに叩きつける。

「いいか、ウルス」

「は、はい」

「この友情は世代を超えるぞ。俺の子供達になんかあったら、お前が救え。お前の子供達になんかあったら、俺が絶対に助けてやる、いいな」

　マスハスが、拳を突き出した。

　その拳に、自分の拳を重ねながらウルスはさすがに苦笑した。

「マスハスさん、私はまだ結婚もして……もしかして、マスハスさん、もう子供が？」

「バーカ、俺も独身だよ。女もまだいねぇ、嫁さん探し中だ」

　通りすぎた給仕のお尻を見ながら、マスハスがだらしない顔で笑う。そして再びウルスを見た時には、同一人物とはとても思えない真剣な顔だ。

「ほら、話せ。俺の大事な友達の顔を曇らせてる原因をよ」

「マスハスさん……」

「いいこと教えてやる。言いにくい時は、酒を飲め。重い口が軽くなるぜ」

「それ、ただ酔ってるだけじゃないですか」

　と言いつつ、ウルスは蒸留酒を飲み干した。マスハスが、ウルスがなにも言わなくても、お代わりを頼んでしま――くれる。

「アルサス――実家ですが、連絡があったんです」

「盗賊団でも出たのか？」

「いえ、それなら私が戻って剣を取ります。我が家の家宝は弓ですけどね」

「弓？　珍しいな」

「私の家の先祖は、弓で名を上げたもので」

「へぇ、ますますいいな。普通じゃないのはいいことだぜ。って、悪いな話の腰を折ったか」

「いえ。アルサスからの連絡は、記録的な不作です。今年の夏、東部は長雨と大雨だったんですよ。もちろん備蓄もあったんですが、不幸が重なって山崩れで倉庫もやられてしまったそうで」

「雨で地盤が緩んだのか」

「ええ、そのようです。しかも三カ所もやられたそうで」

「金は？」

マスハスが真剣な顔で聞きながら、通りすがりの給仕の尻を撫でた。頬を叩かれるが、不思議とその不真面目な行為に、ウルスの腹は立たなかった。

「もちろん、父も私財をなげうって領民を飢えさせない覚悟です。ただ――」

「買い求める飯がない、か」

マスハスの指摘に、ウルスは頷《うなず》いた。東部は長雨と大雨で食料が全体的に不足している。聞けば北部も芳しくないという。その結果として、食料は高騰し、今年は買い求めること自体が難しかった。ウルスは、そのことを相談するために宮廷に顔を出したのだ。

だが、ヴォルン家程度の貴族の窮状を、まともに取り上げてくれる人間は、宮中には一人も居なかった。いや、居なかったというよりも、ウルスが接触出来る範囲が、そもそもたかが知れているのだが。

「お、このパン、美味いな。ウルス、お前も喰うか？」

マスハスの言葉に、さすがにウルスは怒りを覚えた。

今この時も領民が飢えているかもしれない。その相談を、今したのだ。なのに、目の前の友人は無神経にもパンの美味さを口にする。

「マスハスさんっ！」

怒気を露わにしたウルスの視線を、マスハスが真っ向から受け止めた。

「東部も北部も飯がないのに、王都の場末のここにはパンも酒も溢《あふ》れてる」

「え？」

「ブリューヌ王国全体で見ろって。まだ飯はあるんだよ、ある所にはな」

「それって……」

「少々……あー、少しは高くなるけどよ。俺の知ってる商人を紹介してやるよ」

照れくさそうに、マスハスは蒸留酒を呷り、給仕の尻を撫で、また叩かれた。

あの日、ウルスは終生の友としてマスハスを得たのだ。

それは、やがて歴史を紡ぐ大切なページの一つとなっていく……。

† † †

「で、結局この女性はなんでここで寝ているんですか？」

バートランが、思い出に浸っていたウルスに現実を突きつけた。

「あ、ああ、それが」

なんと言えば良いのだろうか。

ファーロンを助け出した後、ウルスはマスハスとユーグと共に、酔竜の瞳亭で呑んだ。もちろんリリアーヌも一緒だ。

戦勝の酒宴だ。しかも、マスハスとリリアーヌが事実上結ばれた祝いの席でもある。一同、強かに呑んだ。

そこまではいい。問題は——ウルスは、チラリとリリアーヌを見た。

彼女の酒癖だった。発端は、マスハスがサラの尻を撫でたことでも、リリアーヌの胸を揉んだことでもなかった。

ユーグがポロリと、マチルダの名を口にしたことだ。

『マチルダさんには報告したのか？』

と。そこからリリアーヌがマチルダのことを知りたがり、マスハスが乳母の話を郷愁と共に語ると、嫉妬したのだ。

酒の勢いで暴れ、噛みつき、引っ掻く。そして、おいおいと泣く。酷い酒乱ぶりだった。果てはウルスに抱きつき、マスハスが私よりマチルダが大事なら、自分も浮気すると叫ぶ始末だ。

売り言葉に買い言葉でマスハスは、なら俺はサラと寝ると言い、サラに叩かれた。そして、最後はマスハスとリリアーヌの酒勝負となり――仲良く二人とも潰れてしまった。

『おい、ウルス……マチルダに、怒られる……から…………お前んちに泊めて、くれ』

それがマスハスが、最後に発した言葉だ。

ちなみに、もう喋る気力もないくせにリリアーヌはマチルダの名前に反応して、マスハスの脛を蹴り上げていた。

とにかくウルスはそんな経緯で、二人を連れて無理矢理に帰宅したのだ。

「……ヒック…………あー、ここどこ？」

ソファーで寝ていたリリアーヌが、目を擦りながら起き上がった。キョロキョロと周囲を見渡してから、持っていた酒瓶に形の良い唇を付けた。グビグビとまた呑む。

「リリアーヌさんっ、もう止めた方が！」

「あーーーー、ウルスさんだぁ」

いきなりリリアーヌが抱きついてきた。

マスハスに怒られる——そう思ってもう一つのソファーを見ると、マスハスが豪快ないびきをかいて爆睡中だ。

引き剥がそうにも、酔ったリリアーヌの力がかなり強い。それだけではなく、女性への耐性があまりないウルスとしては、どこを触って押し返して良いのかがわからない。

おかげでリリアーヌに抱きつかれて、棒立ちだ。

救いを求めるようにバートランを見たが、そそくさと逃げ出す最中だ。

「おい、バートラン！」

「イヤですよっ。泥酔した女性に絡まれるとか、絶対に無理です。それにウルス様の代わりに私が抱きつかれたら、マスハス様に絶対に怒られるじゃないですか！」

「私ならいいのか！」

「…………男同士の喧嘩って、友情が深まるとか言いますよ」

「この薄情もの！」

「ねぇ～ねぇ、ウルスさんってばぁ、モテるでしょぉ」

酔っ払い特有の突然さで、リリアーヌが自ら離れた。

「よ、良かった……。とにかく、もう水を飲んで寝ましょう」

「やなこった」

まるでマスハスみたいな言葉を吐きつつ、グビグビとリリアーヌが呑む。

「これ以上、お酒は！」

「ヒック……ウルスさん、いい男だし、優しいからぁ、絶対、モテるでしょぉ」

「いやいや、私はっ」

「嘘だぁ。ヒック、マスハスみたいな野郎と違って、ヒック、女性を大事にしそーだしぃ、グビッ、誠実で真面目だもんっ」

リリアーヌが、床にドカッと座ってしまう。どこも女性らしくない座り方だ。

「てかさー、あのマザコン、どうにかなんないんですかぁ。このピチピチとした乙女より、五十路のババァがいいとか、おかしくないすか。ねぇ、ウルスさん」

二人の制止を無視してリリアーヌは飲み続けたのだった。

なお、本人は翌朝、何一つ覚えていなかった……。

あとがき

初めまして、橘《たちばな》ぱんです。

今回、魔弾シリーズのスピンオフを急遽やりたいから書いて欲しいと、川口士《かわぐちつかさ》先生と担当さんからお声がけしてもらったんですが、いいの？　魔弾シリーズの作風と、俺の作風ってかなり乖離《かいり》してるんですが？　と思って聞いたら、ヤングマスハスだから平気とのお返事が。

ヤング・マスハス？

とか思ったら、ヤング・コーンの親戚か？

とか思ったら、まさかのマスハスの若い頃を活劇風にやって欲しいというオーダーでした。

びっくり。

そのチョイスは発想になかったわー。そこは普通、ティグルのお父さんたるウルスとかではなかろうかと思いつつ、面白いから受けた次第です。なんでコイツに書かせたんだというクレームは川口先生へ！

マスハスを描くに当たっては、打ち合わせでも原作のイメージをある程度壊して書きつつも、所々に成長後を匂わせる形にしようとなってまして。

気がついたら、随分とまぁ下半身がだらしないマスハスが出来上がっておりました。結局は、リリアーヌの尻に敷かれることになるわけなんで、差し引きチャラかなと。

もっとも、尻に敷かれるようになるとは考えてはいなく、書いていたらこんなことに。同じ男性として、申し訳ないことをした、ごめんなさいマスハス。

しかし、こんな若い頃をティグルに知られたら、どんな顔になるかは興味深いところです。

最後に、改めて面白い企画に誘って下さった川口士先生、担当さん、ありがとうございました。楽しく執筆することができました。

癖のあるイケメンマスハスを描いて下さった白谷《しらたに》こなか先生、感謝感謝です。

また、この本を手に取って下さった皆様、本当にありがとうございます。少しでも楽しんで頂けたら幸いです。

それでは、この辺りで筆を置かせてもらいます。

コロナ禍の最中ですが、どうか皆さんもご無事でありますように。

二〇二〇年八月　スワローズが弱くて悲しい　橘ぱん

ティグルとリュドミラの
新たなる物語
待望のコミック化
魔弾の王と
凍《ミ》漣《チ》の雪《エ》姫《リア》
序章
作画：kakao　原作：川口士
キャラクターデザイン：美弥月いつか
presented by
kakao
『魔弾の王と凍漣の雪姫―序章』
好評発売中

ダッシュエックス文庫

ヤング・マスハス伝
-放蕩騎士と小粋な快刀-魔弾の王外伝

橘 ぱん 原案／川口 士

2020年9月30日 第1刷発行

★定価はカバーに表示してあります

発行者 北畠輝幸
発行所 株式会社 集英社
〒101−8050 東京都千代田区一ツ橋2−5−10
03(3230)6229(編集)
03(3230)6393(販売／書店専用) 03(3230)6080(読者係)
印刷所 図書印刷株式会社

ISBN978-4-08-631384-1 C0193